絢色忍び草紙
～俺様先生の閨房術指南～

Katsura Izumi
和泉桂

CHARADE BUNKO

Illustration

Ciel

CONTENTS

一

「獲れたての新鮮な魚だよ。魚はいらんかね」

天秤を肩に担ぎ、独特の節回しで魚を売る男性が声を上げると、長屋の門からざるを手にした中年女性が顔を出した。

「今日は何がお勧めかい？」

「鯵だね、いいのが上がってる。ほら、でかいだろ」

「じゃあ、一つもらおうかね」

青物売りや飴売りが器用に人混みを掻き分けながら、売り物の名を連呼する。

「事件！　事件だよ！　神田で続けての辻斬りだ‼　奇っ怪な事件を描いた瓦版、四文だよ！」

「おくれ！」

「こっちもだ！」

四辻に立って捲し立てているのは瓦版売りだと、先ほど別れ際に佐吉が教えてくれた。

人々が競ってそれを買い求めており、すべてがあまりにも慌ただしく、目が回りそうだ。

「すごい……」

螢は大きな目を瞠り、行き交う人々をまじまじと見つめる。

畿内の片田舎、忍びの暮らす鹿嶺の里からやって来た螢は、十六になる今日まで国元を出た経験がなかった。江戸の様子は里に出入りする商人が持ってきた絵草紙やら何やらで眺めたし、親代わりのお館様が何気ない会話の中で語ってくれたけれど、具体的な様子まではでは想像はできなかった。

道中の宿場もとても楽しかったが、こうして見ると江戸の町とはまったく違う。

江戸には百万の人が住むと教わっていたものの、そんなの大袈裟だって思っていた。けれども、これだけ人通りがあれば嘘ではないと思える。

弾ける空気も何もかもが心を浮き立たせ、活気に満ちていた。

道行く人々の衣の美しいことといったら！

倹約令が出されているらしいけれど、それでも、山里では絶対に見かけないきらきらしい衣を着た女性が歩き、侍や町人の服装も垢抜けていた。

一方で、螢は地味な小袖の裾を捲りあげて、帯に挟んで尻からげにしていた。脚は股引、脛は脚絆でそれぞれ覆い、かなり傷んできた草鞋を履いている。旅のあいだに伸びた髪は頭の上で結わえ、間違いなく田舎者だが、お仲間はたくさんいるし恥ずかしいとは感じなかった。

それよりも、今は目の前の光景に見惚れていた。

その景色だけでなく、音もまるで洪水だ。江戸に入った品川宿のあたりから、にぎやかさに驚いてばかりだったけれど、特に日本橋の活気は比にならない。

すごいなあ、お江戸は！

難しい漢字は読めなくても、看板が洒落ているのはわかる。

薬種問屋、酒屋、米屋、八百屋、呉服屋——ありとあらゆるものがここに揃っている。

これまで修行のため、山奥の里に籠もっていた螢の目には何もかもが新鮮に映り、あまりの鮮やかさに目がちかちかしてしまう。

商人の呼び声や、人々の話し声。どこからか音楽まで聞こえてくる。

なんて華やかで、素敵な場所なんだろう……！

この鮮やかな光景を、早く親代わりのお館様にお伝えしたかった。

「…………」

いけない。

口をぽかんと半開きにして町並みに見入っていた螢は、漸く気を取り直す。

これから、一人で奉公先まで移動しなくてはいけないのだ。

さすがに遅刻は許されない。

畿内の山奥に位置する鹿嶺の里から、ここまでは同郷の佐吉が連れてきてくれた。佐吉もまた、日本橋近くのお屋敷に奉公する予定があったからだ。本来なら螢は日本橋にまで足を伸ばす必要はなく、品川宿を出たら佐吉と別れてもよかった。しかし、次にいつ来られるかわからないので、佐吉は案内がてら螢を日本橋まで同道してくれた。

尤も、そこで時間がなくなり、佐吉は「道は誰かに聞きな」と言って螢を放り出してしまったのではあるけれど。

とにかく、日が暮れる前に目的地に辿り着かなくては。

とりあえず、最初に目指すのは赤坂の日枝神社だ。ここを頼りに道を問うのがわかりやすいと教わっていたからだ。

「あの、もし……」

おずおずと螢が尋ねると、たくさんの人が親切に道を教えてくれた。おかげで、山王権現を祀る日枝神社までは、存外あっさりと到着した。

赤い柵を巡らせた日枝神社の社殿は階段の上にあるようで、鳥居の先には使い込まれた石段が並ぶ。参拝者たちがゆっくりと上り下りしており、更に上に目をやると鮮やかな丹塗りの建物がぐるりと境内を囲っていた。

折角なので神社に参りたかったが、このあとも道に迷っていたらそれこそ日が暮れてしまうかもしれない。

後ろ髪を引かれつつ神社を通り過ぎた螢だったが、すぐに、はたと足を止めた。

江戸城にほど近いこのあたりは町家よりも武家屋敷が多く、格式の違いはあろうが、どれも門構えがたいそう立派だった。おかげで、どのお屋敷も同じようで見分けがつかない。

それでいて人気は少なく、螢が通ってきた品川宿などよりはずっと静かだった。

話し声が聞こえたので振り返ると、腰に大小の刀を差した侍で、さすがにおいそれと話しかけられない。

どうしよう。

夕方までには着かなくちゃいけないのに。

そう考えると、焦りから掌にじっとりと汗が滲む。

——よいか、螢。

里で最後に会ったときの、お館様の涼やかな面差しを思い出す。

——おまえは一族の中でも、一番若く経験も浅い。それでも送り出すのは、おまえの修行に必要だからだ。

存じております、お館様！

螢はぐっと自分の手を握り締めた。

忍びとして、自分が戦力的に期待されていないのはわかっている。

この太平の徳川の世で忍びなんて、今更、さして必要ないことも。

けれども、いらない存在だなんて決めつけられたくない。

道端に捨てられていた自分を、お館様はこの歳まで育ててくれた。

だからこそ、お館様に恩を返したい。その願いは必然的に、自分たち忍びを飼っている主家――古川家のために命を賭して働くことに繋がる。

今度の仕事を成功に導き、役に立つところを見せるのだ。

「……よし！」

ともかく、人に聞けないなら一軒一軒探すほかない。

目的の屋敷は櫻田門外、永田町と地図に記されている。

一番の目印になると言われていた日枝神社下からは何本も道が分かれ、どれも同じようだ。

緊張と不安に、心臓が振り絞られるように痛くなってきた。

落ち着かなくては。

螢は口の中で小さく「臨兵闘者皆陣裂在前」と唱えながら、人差し指と中指を縦と横に交互に九回動かす。

これはいわゆる九字で、鹿嶺の人々は心が揺らいだときにはこうするようにと教えられていた。

「何だ、迷ってるのか？」

声をかけられたと気づいて振り返ると、月代(さかやき)も剃(そ)らない浪人者が背後に佇(たたず)んでいた。

すらりと背が高い浪人は髪を頭上で結い上げ、地味な黒っぽい小袖に袴(はかま)を身につけている。

とはいえ見た目がむさ苦しいわけではなく、それどころか、顔立ちの端整さが引き立つ。

それこそ歳が若ければ小姓や若衆にでもなったであろう、一種の涼やかさが漂っていた。

それに、その黒々とした切れ長の目が印象的だ。

「ん？　俺の顔に何かついているのか？」

「あ、いえ、そんなことはないですけど……」

戸惑う螢に、浪人は畳みかけてくる。

「いかにもお上りさんって顔だな。どこに行くんだ？」

「ええと……」

怪しい浪人者に打ち明けてもいいものかと、螢は口籠(くちご)もった。

「べつに、おまえがちょっと可愛(かわい)いからって声をかけたんじゃないぜ。袖振り合うも何かの縁だ。案内料など取らぬから話してみよ」

可愛い……？

里では見目麗しい女子(おなご)がいたし、頭領であるお館様も優雅な美形だったので、自分のような姿かたちで可愛いと表されるのは違和感を抱いてしまう。

そもそも、螢の容姿はどこにでもいる黒髪に黒目で、多少目がくりっとしているのが特徴な程度だ。

「……八木山様のお屋敷に……」

不意打ちの言葉に動揺していたので、螢はつい、行き先を答えてしまった。

「ああ、安房松池藩の」

「はい」

すぐに名前が通じ、螢はほっとした。

「この時期だし、年季奉公にでも来たのか？」

よけいなことを言わないように、螢はこっくりと頷く。

年季奉公は毎年、三月から次の三月までと期間が決まっているのだ。

「ちょうどいい、連れていってやるよ」

「いいんですか？」

「ここからならすぐだし、もののついでだ。気にするな」

螢が「お願いします」と頼むと、彼はくるりと踵を返した。

「お江戸は初めてだろ？」

「どうしてわかるんですか？」

「何となくだ」

迂闊(うかつ)に返事をしては正体を気取られかねないと、螢は緊張しつつ相手の声に耳を傾けたが、彼はゆったりとした足取りで歩く。

「どこから来たんだ?」

「畿内です」

「それにしちゃ訛(なま)りがないんだな」

感心したように告げ、男は自分の顎を撫(な)でる。

「練習、しました。言葉が通じないと奉公も大変だから」

自分の『色』を消すのは、潜入する上では大切なことだ。

「若いのにいい心がけだな」

ふっと男は笑うと、気づいたように大きな門を顎で示した。

「あそこが御家人の松平(まつだいら)様のお屋敷、そして、あっちの梅の家紋は大村丹後守(おおむらたんごのかみ)様だな」

「よくわかりますね」

「大丈夫だ、おまえもこのあたりをうろついてれば、自然と覚えられるさ」

男は浪人にしてはずいぶん偉そうというか、悠然としている。

落ち着いた足取りで螢を案内し、男は一軒の屋敷の裏側に回り込む。小さな木戸があり、門番もいなかった。

彼が裏木戸を開けて中にずんずんと入っていくので、螢は驚いてしまう。

もしかしたら、八木山家に仕える侍の一人ではないかとも思ったが、それならば月代は剃るだろう。

「おや、籬先生。早いお帰りで」

裏口からすぐの場所で、薪を運んでいた男性が振り向き、浪人を目にして親しげな笑みを浮かべた。

マガキ？　真牡蠣？

山奥暮らしで牡蠣を食べたことがなかったので、道中、伊勢で佐吉にご馳走してもらった。あのつるんとした感触が舌の上に甦る。

「よう、新左衛門。精が出るな」

「ん？　その子は？」

新左衛門は六尺半纏に梵天帯を締めた服装で、腰には木刀を差している。その格好を見て、彼は中間だろうと判断できた。

「年季奉公だってな。山王様のところでうろうろしていたから連れてきた」

「ああ、そういや今日明日にでも、年季奉公の新入りが来るって話だった」

「遅くなって、すみません」

螢は慌てて頭を下げた。

「なに、これくらいの時間はこっちも仕事が一段落していてちょうどいい。畿内からだって？　ずいぶん遠いじゃねえか」

立て板に水で話しかけられ、螢はもごもごと口籠もった。

彼は頷くと、「待ってろ」と言い残して家の中に歩いていく。

「じゃあな」

マガキは片手を振って、螢を置いていく。ひとりぼっちになった螢は手持ちぶさたで、風呂敷包みを持ったままマガキを見送る。

やっぱり、あの目が気になる。

螢たちは仕事柄、さまざまな変装を行う。今回のように敵方に潜入することもあるので、町人や農民、棒手振り、侍、化けるものは一つではない。だが、優秀な忍びであっても苦労するのは『目』だ。

目は口ほどにものを言う。

目つきから聡明な光を消せなければ、愚者を装ってもすぐに看過されてしまう。

その点、マガキの目は、荒んだ浪人らしからぬ炯々とした光を点していた。

「待たせたな。こっちだ」

新左衛門が姿を見せ、螢を手招きした。

「風呂敷はそこに置いて、こっちにおいで」

「はい」

新左衛門は懐から出した手ぬぐいで自分の額を拭い、螢を先導して歩きだす。

「やっぱり、畿内からっていうのは珍しいんですか？」

「え？　そりゃ、畿内だったら上方で奉公するのが普通だろ。何でまた、こんな遠くまで？」

「一度でいいから江戸を見たいって言ったら、とんとん拍子で決まって」

あらかじめ考えていた言い訳を口にすると、新左衛門は大きく頷いた。

「そいつは見上げた心がけだ。長旅で心細くなかったかい？」

「途中まで知り合いが一緒だったんで……旅は初めてだから、すごく楽しかったです」

新左衛門は、すぐに、この家を取り仕切る用人に声をかけてくれた。

「加藤(かとう)様、新しい小者が参りました」

用人は雑事を担当する奉公人で、士分ゆえに下働きの螢とは立場がまったく違う。縁側に腰を下ろした用人は、地面に膝を突く二人に視線を向けた。

「長旅、ご苦労だったな。そなたが螢とやらか」

「はい」

加藤と呼ばれた中年男性は小袖に袴の服装で、着物も高そうだ。

「請け状はあるか？」

「こちらに」

請け状とは紹介人が書いた紹介状のようなもので、螢の身分や切支丹でないことなどが記されている。給金は前渡しで一月分渡されており、それを旅支度に使っていた。

書面を一瞥した加藤は、納得したように頷く。

「おまえは人別帳には入らぬが、それでも、この松池藩を背負う奉公人の一人になる。それをゆめゆめ忘れるなよ」

冷ややかな口ぶりで告げられたうえにぎろりと睨まれ、螢は竦み上がった。

人別改とは、六年ごとに行われる人口の調査だ。そこで調べられた人間は、人別帳という帳簿に書き加えられる。

武家奉公人は奉公先の藩の人別帳に入り、領民と見なされる場合が多いらしいが、さまざまな事情でそこに入らない者もいる。螢は年季奉公だから、今でも鹿嶺の里の友瀬家の人別に入ったままで、松池藩の領民ではなかった。

「新左衛門、心得を叩き込んでおけ」

「は」

加藤は厳しい性分のようで、口調は冷淡で無駄がなかった。

加藤がきびきびと身を翻したので、螢は新左衛門に連れられて歩きだす。

「俺は仕事があるからちょっと待ちな。……おい、鶴松」

新左衛門はあたりを見回し、薪割りをしていた三十代半ばくらいの男に声をかけた。鶴松と呼ばれた男は小袖を尻からげにし、身なりも粗末だった。

「なんでしょう」

見るからに鶴松のほうが年嵩なのに謙ってており、新左衛門と鶴松とでは身分の差があるのは明白だった。

用人の加藤が奉公人の元締めで、その下に新左衛門たち中間がいる。螢たち小者は、中間の下だった。

「こいつは新しい小者だ。案内してやりな」

「へい」

斧を片づけた鶴松は振り返り、「こっちだ」と飾らぬ調子で告げた。

「はい！」

「よし、まずは屋敷の中を手短に説明するぞ」

鶴松はそう言うと、せかせかと歩き始めた。

「まず、あそこが御殿。殿様と長男の主税様が暮らす場所だ。御殿は俺たちじゃなくて、奥女中が働いてる」

各藩の大名たちは、それぞれ、江戸に通称江戸屋敷と呼ばれる邸宅をかまえている。江戸屋敷は参勤交代のときに藩主が滞在したり、江戸勤務の藩士たちが仕事を行ったりするための屋敷だ。

大名とともに領地からやって来る藩士たちも大半が同じ敷地に居住するので、どうしても手狭になる。対策としていくつか江戸屋敷を持つ藩もあり、その場合は大名本人と妻子が住む屋敷を上屋敷という。下屋敷は補助的なものでたいていは藩士たちが暮らすとか。裕福な藩は中屋敷を備え、荷物を保存する目的で蔵屋敷を所有する大名もいると学んでいた。

大名の石高は最低が一万石と聞くから、八木山家が譜代大名で三万五千石ならば、それなりの家格だった。

「はい」

頭に入れるべき情報量の多さにたじろぎつつも、螢は真剣な面持ちで頷いた。

「で、御殿の近くにあるのが蔵で、そこから西が局部屋。局部屋は、松池藩の藩士たちが仕事をする場所だ。この屋敷の半分くらいは局部屋だ」

「そうなんですね」

そんなに局部屋が広いなんて、意外だった。

「そして、あそこが厩だな。そっちのが納屋で……」

「……あの」

「ん？」

「塀というか……塀の周りの建物はなんですか？　蔵でもないし」

塀に沿うように、ぐるりと二階建ての長い建物が作られている。建物には窓が等間隔にしつらえられており、納屋や蔵などではなさそうだ。

「あれは御長屋だ。藩士たちが住んでいる」

「長屋ですか？」

螢の質問に対し、鶴松は首を振った。

「いや、御がつく。町人の長屋と区別してるんだ」

御がつくだけで、大きな違いが生まれるとは。

「へえ……あの、御長屋はいっぱいあるけど、ここではどれくらいの人が働いているのですか？」

「それこそ数百人ってところだな」

「そんなにたくさん⁉」

「ああ、なんだ、そこから説明するのか」

少し困った口調で、歩きながら鶴松は頭を掻いた。

「うちの殿様は江戸定府なんだ」

「江戸定府？」

言葉は知ってはいたものの、もしかしたら別の意味があるかもしれないと、螢は尋ねてみた。

「ずっと江戸にいらして、領地にお帰りになることがほとんどないってわけだ。大名の中には老中や若年寄などの重大なお役目に就く方もおられるからな。いちいち国元に戻っていては、政に関われなくなってしまうだろ。逆に、殿が江戸で藩のことを仕切るなら、こっちで仕事をする藩士も増えるってわけだ」

やはり、聞いていたとおりの答えが返ってきた。

「一応教えておくが、殿様が国に戻るような家には、ちゃあんと留守居役がいて万事取り仕切る。上手くできてるのさ」

「留守居役がいろいろ決めてしまうのですか？」

「ああ。うちの殿様はここから一日、二日で往き来できるが、領地が遠いとそうもいかねえ。そういうときは、あれこれと留守居役が判断するんだよ」

「そうなんだ……」

江戸定府以外の大名は数年に一度、領地と江戸を往復しなくてはいけないが、大名が領地にいるあいだに江戸で何か起きた場合、留守居役が動く。そのため留守居役が有能でなければ根回しもできないうえに賄いも渡せず、かなり面倒な事態も招きかねないのだとか。

「鶴松さんは、詳しいんですね」

「そりゃ、俺はもう二十年もこの仕事で飯を食ってるからな。小者は十年以上同じ家にはいられないから、あちこちの家を渡り歩くんだ。まあ、俺みたいな小者はだいたいが農民のせがれだから、家に戻ってもいいんだけどな。おまえも馴染(なじ)めなかったら、働き口はいくらでもあるぜ」

鶴松は気安い男らしく、ぽんと螢の背中を叩いた。そして、びっくりしたようにもう一度背中を叩く。

「意外と鍛えてるんだなァ」

「あ……はい、田舎じゃ薪割りとかしていたから……」

まさか忍びとして修行を積んでいたとは答えられず、螢は曖昧な返答をした。

「そいつは重畳(ちょうじょう)だ。ここはなかなか小者が居着かなくて、困ってるんだ。長く勤めてくれよ」

「居着かない？」

螢はきょとんとし、つい、聞き返してしまう。

一瞬はっとしたような顔になり、鶴松は咳払(せきばら)いをした。

「ま、まあ、ここにいりゃわかるさ。で、おまえ、名前は何だっけ？」

鶴松がごまかすように早口になり、螢に名前を尋ねてきた。

「螢です」

「変わった名前だなあ。加藤様あたりに、強そうな名前をつけてもらったらどうだ？」

「これでいいんです。とても、大切なものだから……」

これはお館様がくれた名前だから、おいそれと手放せない。

優しくて大好きなお館様。

棄て児だった螢を拾い、これまで育ててくれた。その恩義に報いるためにも、立派な忍者として江戸での仕事を成功させなくてはいけなかった。

二

鹿嶺（かみね）の里に遅い春が訪れ、梅が散り、桃の花が漸く満開になった。

桜はまだまだ先だろう。そして、螢（ほたる）は今年の桜はこの慣れ親しんだ里では見られそうにない。

螢は天井裏に忍び込み、なるべく呼吸を止める。お館様は里で随一の武芸の達人で、殊に気配には並外れて敏感だ。

階下の空気が動いた。

がががっと立て続けに鈍い音がし、螢の目と鼻の先に鋭い刃（やいば）が三つ、突き刺さっている。

、、、
くないだ。

だが、それは螢の居場所からはほんの少しだけずれており、声を出さずに耐えることはできた。

「合格だ。螢、下りておいで」

螢はほっと息を吐き出し、屋根裏から庭に回る。螢は頭巾を外して縁側に膝を突いたが、室内のお館様が「こちらへ」と声をかけた。

「は」

地味な色味の忍び装束から蜘蛛の巣を払い、草履だけを脱いで裸足で縁側から上がると、じいがじろりと螢を睨んだ。

……苦手だ……。

両手両膝を突いて畏まる螢に、「顔を上げていいんだよ」と奥にいたお館様が穏やかに告げる。

「お呼びでしょうか、お館様」

「おまえに仕事だ」

「私に⁉」

喜びのあまり、声が上擦った。

「そうだ。お務めのため、おまえを江戸に送らねばならぬ」

「江戸、ですか？」

鹿嶺の里は畿内に位置し、一番近い大都市は京の都だ。

仲間がお務めで都に行く場合はあっても、江戸というのは滅多に聞かなかった。

「本当はおまえを江戸になんてやりたくないんだけどね」

きりっとしていたお館様は、そこでくにゃっと一気に力を抜いて脇息に凭れる。そして、悲しそうな顔で、大きなため息をついた。

友瀬春成というのがお館様の名前で、彼は畿内の譜代大名である古川家に仕える忍びの頭領だった。

「若様は過保護すぎます」

びしっとお目付役のじいに言われて、春成はもう一つ息を吐く。

「じい、私はもう若って歳でもないだろう」

「若様はいくつになろうと若様です」

春成は二十代半ばなのに、隠居したじいから見ればまだまだ手がかかる子供のような相手らしい。七十を過ぎたじいは今でこそいかめしい顔の老人だが、かつては百戦錬磨の忍びだったとか。

「この子は初めての仕事なんだよ？　しかも、ここから遠く離れた江戸だなんて、危険すぎる」

「春成様。そも、忍びとは汚れ仕事すら厭わぬもの。それをたかが棄て児の身を案じて如何なさいます？」

「螢は私の子供だ」

「子は子でも、拾ってきた子です。それ以前に、いい加減、子離れなさってください」

じいが嘆かわしいと言いたげに舌打ちをしたので、螢は慌てて言い添えた。

「その……あの、私もいつまでもただ飯食らいでは、嫌です。ちゃんと、お館様のお役に立ちたいです」

「ほら、本人がこう言ってるんですから」

「そうだけどねえ。螢はおとなしくて言いたいことも言えない子だから心配なんだよ」

またしても春成は深々とため息をつく。

「打ってつけじゃありませんか。おしゃべりで自分の言いたいことを何でも言うような奉公人なんて、すぐにくびになってしまいますよ」

そう、これから螢に下される重大な任務は、とある大名家の江戸屋敷に入り込んで下男として働くという内容だった。

「螢は気が優しいから不安なんだ。私と一緒に月を愛でてくれるような子は、ほかにいないのに」

「それは軟弱なだけです。我ら忍びに必要なのは、心身の強さ。成長のためには、時に突き放さねばなりません」

びしっとじいに斬り捨てられ、螢は恥ずかしさに頬を染めた。

「嘯風朧月、左様な趣味がある子は珍しいんだ」

螢の羞じらいにも気づかぬ様子で、春成は続けた。

「それに、螢がいなくなると、私を朝起こしてくれる者がいなくなってしまう」

「何なら、このじいが毎朝懇切丁寧に起こしましょうぞ」

じいがずいと膝で一歩前に出ると、春成は悲しげに首を横に振った。

「螢がいいんだ」

「また、子供を拾って育てればいいじゃありませんか」

「どんな子だって、代わりはいないよ。螢は素直で可愛くて、特別なんだ」

春成はむっとした口ぶりだった。

「とにかく！　螢を江戸にやるのは仕事のためです」

「よりによって、江戸屋敷に潜入させるなんて危なすぎる。有能な侍が大勢いるのに」

「我々は忍びなんですから、危険はつきもの。昨今は忍びも人手不足ですが、今の太平の世ではそこまで優秀な武士だって、そうそうにはおらぬでしょう。春成様、お含み置きを」

実際、里で任務が与えられずに手が空いているのは螢くらいで、じいの言葉は事実だった。

「だからって……漠然としすぎていて、螢には大変じゃないかい？」

「戦場に送るよりは遙かに安全でしょう。彼の家の秘密を探り、付け入る隙を見つける。首尾よく探り当てたら何らかの証を手に入れ、江戸にいる仲間に知らせる。それだけです。先に送り込んだ喜助たちも行商人として様子を見にいきますし、心配はないはずです」

「うーん」

眉間に皺を刻み、春成は至極憂鬱そうだ。

「お館様、どうか私を行かせてください！」

螢は勇気を出して、膝で一歩前に出た。

「でも、おまえは実戦の経験がない。訓練はそれこそ死ぬほどさせたけれど……」

「このままでは、私は忍びとして見習いで終わってしまいます」

螢は春成の目を見つめ、熱を込めて続けた。

「初仕事ですけど、殺しも何もありません。お屋敷に潜り込んで、小者として聞き耳を立ててればいいんでしょう？　それこそ、私にもできます」

「そうかなあ……そんなに簡単ではないと思うけど」

春成は少し、いや、猛烈に不満げな態度だった。

「それに、江戸にも行きたいんです。見識を広げれば、戻ってきた暁にはお館様のお役に立てます」

「うむ、よく言った！」

じいがここぞとばかりに畳みかけてきた。

「よいか、螢。おまえの仕事は、我らが主君・古川家のために、三万五千石の譜代大名八木山家の綻びを見つけることだ。わかったな？」

「はい」

口許をきっと引き締め、螢は凛とした声で返した。

「幸い、江戸までは、同じ任務で増田家に潜入する佐吉が同道する。案ずるな」

「御意。――それで……その……」

螢はごくりと息を呑んだ。

「ん？」

「け、閨房術は……」

「とんでもない！」

ずっと前に身を乗り出した春成の声が、一段高く跳ね上がった。

潜入捜査といえば閨房術がつきものだ。

閨房術を覚えるのは女の忍びだが、螢たちとて若者は妓楼に潜入する機会もある。若衆として身を売るのも想定されるので、お館様手ずからひととおりの技は仕込まれている

――つもりだった。

「あれは、ここぞというときのものに使うべき技だ。安売りしてはならぬ」

あまりの勢いに螢は口を噤み、まじまじと春成を見つめる。

「それに、いくら見目がまずまずでもおまえは男だ。いきなり寝技を狙えば、いったい何ごとかと相手も疑う。ゆえに、閨房術は最後のとっておきの手段だ。わかるか？」

「……御意」

確かに自分は忍びとしては優秀とはいえない。閨房術の訓練だって、あまりにも不慣れで痛がったせいか、春成が道具での訓練に留めたため、実戦経験はなかった。

「――仕方ないが、江戸行きを許そう」

「はい、お館様」

「気をつけていきなさい。つらくなったらいつでも……」

「戻ってくるのはならぬ」

じいが遮ったので、螢は頷いた。

表情をきりりと引き締め、春成を真っ直ぐに見据える。

「任務が終わるまでは、決して顔を見せませぬ。それでは、暫しのおいとまを」

深々と畳に頭を擦りつけた螢は、そのまま無言で春成の部屋から立ち去る。ここで少しでも春成と話せば、後ろ髪を引かれそうだったからだ。

淋しさよりも、高揚感が全身を包む。

何しろ、漸く与えられた初の任務なのだ。

「頑張らなきゃ……」

螢の任務は、八木山家の綻びを探す――要はあら探しだ。

螢たちの主君である古川家は畿内の譜代大名で、当主・明義の野望は幕閣になることだ。

しかし、幕閣に選ばれるには関東近郊の大名でなくては難しい。というのも有事の際にいちいち西日本から向かうのは遅すぎるからで、領地の場所が大きく左右するのは仕方がない話だった。

もとより、大名には親藩、譜代、外様の区別がある。親藩は将軍家の直系や分家で、譜代家は関ヶ原(せきがはら)の戦い以前から将軍家に仕える家、外様はそのあとで忠誠を示した家だ。幕府は江戸の周辺に譜代大名を多く配置し、外様は遠隔地を任される。

大名がどの領地を治めるか、それを決める権利は幕府が握っている。

そこで、古川家の当主である明義が狙ったのは『転封(てんぽう)』だ。

転封とは、国替え。すなわち、幕府の命令で行われる大名の領地替えだ。

将軍はおっとりした方で幕政にはさして口を挟まず、兄弟仲も円満で権力争いなどとは無縁だという。その穏やかさが、今の太平の世に繋がっているのだろう。

それでも不祥事を起こせば、お家断絶や転封が避けられず、大名たちは戦々恐々としていた。

明義の野望を叶(かな)えるには、関東への転封が第一条件になる。在地が江戸に近くなれば、幕閣として取り立てられる日が来るのではないか——という一種の遠大な計画だった。

もちろん、古川家が根拠のない夢を抱いたわけではない。

これまで贈った多額の付け届けのおかげで老中や大老の覚えがめでたいらしく、あとは領地の問題さえ何とかなれば、野望が叶いそうなところまで到達したらしい。

とはいえ、ほかの大名家がそう都合よく転封されるはずがない。従って、明義は何かしら弱点がありそうな大名家の江戸屋敷に、間者を潜ませて弱みを探ろうと思いついたのだ。

そして、その弱みを幕閣の耳に入れ、問題になればしめたものだ。

そのために、春成率いる忍びの出番となる。

忍びは乱世の時代に活躍したが、この太平の世では最早無用の長物だと思われている。だが、かつてほどの規模ではないものの、幕府や各藩の動きを探るべく、忍びは密かに生き延びていた。

まずは江戸にいる留守居役に噂を集めさせ、何かがありそうな大名家を見つけ出す。その一つが八木山家で、殿の守善が色好みで知られていた。明義はそこから何か醜聞の種を拾えるのではないかと考え、春成に鹿嶺の忍びを送り込むよう命じたのだった。


螢が八木山家で働くようになって、十日あまり。

屋敷には庭がないとはいえ、外を掃いているとどこからか零れてきた桜の花びらが落ちていた。

月日が経つのはあっという間だ。

先月までは、お館様のところでのんびりと暮らしていたなんて我ながら信じられない。ここは敵方だ。まさに、一時たりとも気を抜けない。

行商人に化けた繫ぎ役の喜助たちが様子を見に来る段取りだったが、それも月に一、二度と聞かされた程度だった。

朝起きると顔を洗って、簡単な食事を摂る。

基本は一日に二食で、朝は麦飯に野菜の漬物、おみおつけが出る。そのうえ月に一、二度、焼き魚がつくし、三日といって月の一日、十五日、二十八日はおかずが増えるそうだ。ついこのあいだの食事に初めて干物がついて、螢はあまりの嬉しさにご飯を何度もお代わりした。

忍びは躰や口が臭うと潜伏できないので、臭いがきつい食材は食せない。だが、八木山家にいる限りはその点を気遣わなくて済むのが有り難い。それに、主食の麦飯はいくら食べてもかまわなかったので、常に満足だった。

朝飯のあとは、螢の仕事が始まる。

現在は、螢の主な仕事は掃除と薪割り。殿が風呂に入るときは、お湯を沸かす係も仰せつかっていた。

「螢、そこが終わったら厠の掃除を頼むよ」

「はーい」

　仲間の言葉に外を掃いていた螢は明るく返したが、想像以上に広大な敷地で、やり甲斐(がい)ばかりの職場に音を上げそうだった。

　八木山家は代々安房(あわ)の松池(まついけ)藩主で、先祖が時の大老の覚えがめでたかったらしい。拝領された上屋敷はそれなりに広く、おかげで、掃除をするのも時間がかかる。

　ところどころ樹木は植わっているが、庭らしい場所は御殿の坪庭くらいで、あとは所狭しと建物が建ち並んでいる。従って、庭ではなく地面を掃き清めているといったほうがいい。

　人の出入りも多くて全体的に忙(せわ)しなく、未(いま)だにお殿様である守善を見かけてもいなかった。

　竹箒(たけぼうき)を懸命に動かしているうちに砂埃(すなぼこり)が巻き上がり、螢は空咳(からぜき)をする。

「久しぶりだな。少しは慣れたか？」

　声をかけてきたのは、はじめの日に自分をここに連れてきてくれた人物だった。

　確か、柿(かき)とか牡蠣とか……。

「牡蠣……」

　螢がつい呟(つぶや)くと、彼は耳聡(みみざと)くそれを聞き咎(とが)めた。

「牡蠣？」

「！」

よもや自分の小さな声が聞こえていると思わず、螢は真っ赤になった。

目つきが鋭いだけでなく、聴覚も鋭敏なのかもしれない。

「俺のことか？　まったく、妙なあだなをつけてくれるな」

男はおかしげに相好を崩した。

「俺は籬だ」

「マガキ？」

そうだ、マガキ。そういう名前だった。

「籬ってのは、廓で見世と入り口の仕切りがあるだろ。あれのことだよ」

「廓って？」

「ああ、廓に行ったことがないのか。岡場所だよ」

彼は何気ない調子で肩を竦めた。

「じゃあ、貝の先生じゃないの？」

きょとんとする螢に対して、相手もまた目を瞠った。

「貝の先生？」

「先生っていうから……料理の先生かと思ったんです」

「そっちの牡蠣か。まったく、面白いことを言う子だな」

彼は人懐っこい笑みを浮かべ、螢の双眸をじっと見つめてきた。

――う。

黒い目は、どこまでも深い。

初対面でも、感じたのだ。こんな目に、色に、覚えがあると。

鹿嶺の里で険しい裏山を登っていくと、途中で龍神様が住むといわれる淵があった。その濃い色によく似ているようだ。

どこか懐かしくて、引き込まれそうなほどに恐ろしい。

「だったら式部と呼んでもらおうか」

「式部?」

「俺にはなかなかの歌才があるそうだからな、仲間内からはそう呼ばれている」

つまり紫式部とか和泉式部とか……?

でも、式部とつくのは女性の印象が強く、螢は「はあ」と生返事をした。

「廓の先生が欲しいなら、連れていってやるよ。綺麗な女子がたくさんいるぞ」

「そういうところには、興味はありません」

「なんだ、ずいぶん乳臭いことを言うなあ」

つまらなそうな顔つきになり、式部は肩を竦める。

「ま、うぶで可愛いけどな」

「先生は、何の先生なんですか?」

「俺はここじゃただの食客ってやつだ。最近またぞろ俳諧やら連歌やらが流行ってるからな。一応、俳諧や歌を教えてるんだ」

「はいかい？」

「芭蕉は知らないか？『古池や蛙飛びこむ水の音』っていう句が有名だ」

「あ、その人なら知ってます！」

螢は声を弾ませた。

「何か好きな句はあるか？」

「――月はやし梢は雨を持ちながら」

かつて春成に教わって、何度も諳んじた句をくちずさんでみせた。

「へえ！　味のある句を選ぶんだな」

春成が好きだと話していた句だから、螢も覚えていたのだ。

「何だか、ここがぎゅっとなって……いいなって」

螢が胸を示すと、彼は驚いたように目を瞠った。

「………」

もしや、忍びとばれるような、変なことを口走ってしまっただろうか。

この俳句を唇に載せると、心の臓がざわざわとざわめくような気がする。

何だかわからないけれど、自分も胸の奥を濡らすあたたかな雨を待っているのかもしれない。

己の中に湧き起こるせつない落ち着かなさを表したかったのだが、彼もまた、螢を軟弱だと笑うだろうか。

「すみません……」

「すまん。そうじゃないんだ。おまえは自分なりに、俳句の味わい方を知ってるのに、感服したんだ」

「え」

螢は目を見開いた。

「おかしくないのですか?」

「ものの感じ方は人それぞれだ。おまえにはおまえの見方があるってことだな」

頬が熱くなるような、そんな気がした。

「このお屋敷じゃ、お殿様以外は詩歌に興味があるやつはほとんどいない。それで俺が呼ばれたわけだが……嬉しいよ、こんな話ができる相手が見つかるとは僥倖だな」

「私は……ただ、これくらいしか知らなくて……」

「それでもいいんだよ。話せて楽しかった」

式部は白い歯を見せ、螢に人懐っこい笑顔を向ける。

「そういや、名前を聞いてなかったな」

「螢」

「綺麗な名前だな」

「ええと、その……先生もいい名前ですね」

螢には当世っぽい褒め方がわからないのでそう言うほかない。

「それはありがとう」

式部はくっくっと喉を震わせて笑う。

「しかし、上方の連中は自分を『私』なんて澄ました言葉を遣うのかい？　こっちじゃ、男も女も『俺』なのに」

「あ、それは……尊敬する人の真似、です」

「へえ」

春成の真似と白状するのは恥ずかしかったけれど、つい、言ってしまった。いつか、あの人のようになりたい。あの人の力になりたい。

「見上げた心がけだ。偉いな」

「偉いですか？」

螢はきょとんとした。

こんなに直截な言葉で褒められたのは、初めてだ。

「目標があるのは大事なことだ。たいていは中間も小者も、特に目標なんてないままその日暮らししているのに、違うんだろう？　その志を忘れるなよ」

頬が熱くなり、思わず、螢は俯いた。

「おっと、邪魔して悪かったな」

そう言い残すと、彼は足早に立ち去っていった。

俳諧指南の食客がいるなんて、八木山家の財政はどうなっているんだろう？

しかも、浪人に諭されるとは複雑な気分だ。

とはいえ、お屋敷での生活に馴染んでみると、忍びの修行よりはずっと楽だった。

忍びの訓練のときは生傷が絶えなかったので、床に入ると死んだように眠っていた。今も疲労は溜まっているが、あの頃ほどではない。

仕事には慣れたし、同じ年季奉公の仲間たちは、新入りの螢にも親切だった。どうやら最初に鶴松が話していたとおりに慢性的に人手不足なのは本当で、螢に辞められると相当な痛手を被るようだ。

それもこれも、この屋敷での給金が安いせいだった。

螢は全然知らなかったが、相場よりもかなり低いらしく、それを補うためかそこそこに待遇がいいらしい。

その一つとして、なんと奉公人に月に一、二度の休みをくれるのだ。これはどう考えても、破格の待遇だろう。商家などの奉公人は、盆暮れの休みすら無理だと聞いたことがあるからだ。

そして、明日は初めての休みだ。

門限を守れば出かけてもかまわないし、だらだら過ごしてもいいそうだ。

鹿嶺の里では、暇な時間は道具の手入れやら何やらに充てていた。

今は、そもそも持ってきている忍び道具が最低限のもので、手入れの必要もない。

少し考えを整理して、これからどうするかの策を練るべきだろう。

大丈夫だ、不安は欠片（かけら）もない。

近くに頼れる味方は誰もいないけれど、式部のように気さくに声をかけてくれる相手がいるせいか、不思議と気持ちは浮き立っていた。

三

「よう、螢（ほたる）」

堂々と朝寝坊した螢が冷たくなったご飯を掻き込んでから外に出ると、欠伸（あくび）混じりに木刀を振る式部（しきぶ）と目が合った。

びゅんびゅんと風を切る音が、一定の調子で聞こえてくる。

「おはようございます」

武道場が敷地内にあり、藩士は日々鍛錬に励んでいるが、式部は藩士ではないので使いづらいのだろう。片肌を脱いで素振りを繰り返す姿は様になっており、意外と筋肉がついている。

「寝坊か？　鶴松（つるまつ）に絞られただろ」

木刀を地面に突いて動作を止めた彼の言葉は、螢が日課の掃き掃除をしていないのを指しているのだと気づいた。

「今日は休みなんです」

螢が笑顔で答えると、式部は「そうか」と頷いた。

「守善様は（しゅぜん）吝い（しわ）からな。仕事が大変だろう？　休みでもなければ、下男はすぐに辞めてしまいそうだ」

式部の言葉に同意できず、螢は曖昧な笑みを浮かべるに留めた。

この上屋敷で暮らす当主の家族は、主の八木山（やぎやま）守善と、長男の二人だ。奥方はいないのかと不思議だったが、聞けば一昨年、流行病（はやりやまい）で亡くなったとか。それに加えて、たくさんいるのが主君一家を支える藩士たち。さまざまな雑用をこなす中間。中間は帯刀できるので、主に武士の次男三男がなるそうだ。道理で、新左衛門（しんざえもん）は鶴松に対してやけに偉そうだったわけだ。螢には中間の六尺半纏は格好いいものには見えないが、中間たちは誇らしげに着こなしている。

殿様たちの住む御殿で働くのは奥女中で、町娘たちがなるらしい。螢たちは小者、あるいは軽輩ともいわれる。もちろん、螢たちが一番の下っ端だ。鶴松が農家出身と言っていたとおり、小者たちは百姓の息子が多いのだとか。

そしてその階層のどこにも属さないのが式部で、ほかの者からは『先生』と呼ばれている。

「よし、着替えたら出かけるか」

「お気をつけて」

螢が会釈すると、木刀を手にした式部は首を傾げた。

「そうじゃなくて、誘ってるんだ」

「私を？」

式部の言葉に螢は眉を顰めた。

「もしかして、荷物持ちでもいるんですか？」

「違うって」

おかしげに声を立てて笑った式部は、螢の肩をぽんと叩いた。

「一人でぶらぶらするのも、お互い、味気ないだろ。何か旨いものを食いにいこう」

「…………」

螢はまじまじと相手を見つめる。

こちらとしては、日々を暮らすのに必死で任務について具体的に考えられなかった。できれば今日こそは、これからの策をじっくり練りたかった。端的に言えば、式部につき合っていては時間の無駄だ。

しかし、式部はほかでもなく守善に気に入られて取り立てられた人物だし、当然、守善の情報も持っているだろう。

そのうえ、江戸の美味しいものは少し——いや、途轍もなく気になってしまう。

こちらの味つけは螢の郷里とは別物だ。醤油や味噌汁の味も色も大違いで、驚いてしまった。それに慣れると、こちらの食べ物に興味が出てきたのもまた事実だ。

江戸にしかない食べ物も多いだろうし、春成にお土産を買うのに役立ちそうだ。

とはいえ、知り合って会話をしたのは二度だけという間柄で、その好意に甘えて江戸案内を頼むのはどうなのだろう。

ぐるぐると考え込みつつ、螢は最も知りたかった疑問点を尋ねてみた。

「旨いものってどんなものですか？」

「さすがに食べ物は食いつきがいいな」

式部はおかしげに笑った。

「でも、いざそう言われると困るか……江戸はあちこちの名物が集まるからな。いろいろありすぎるし、出たとこ勝負でどうだ」

「うーん」

そんな適当な口ぶりで、本当に名物を教えてもらえるんだろうか。

かなり怪しい。

螢は目を見開き、式部の真意を見透かそうと凝視した。

「疑ってるのか？　それならかまわんが、おまえ、一人で出かけて帰ってこれるのか？」

「それもそうなんですけど……」

総合的に考えると心惹かれる誘いではあるが、一番の問題は別のところにある。

螢の歯切れの悪さから、式部は何か感づいたらしい。

「どうした？」

「その……お金がなくて」

「ああ、そういうことか」

手付けの給金は旅支度で使ってしまったので、先立つものがない。小銭なら残っているが、ごくわずかだ。この程度で江戸市中を見物して回るなんて、あまりにも虫がよすぎた。

「すまん、気が利かなかったな。誘ったんだから、俺が奢ってやるよ」

「浪人なのに？」

「それこそ小遣いくらいはもらってるからな」

なぜかそこで彼は胸を張る。

「さ、鶴松あたりに出かけるって言ってこい。俺は支度をして、裏門で待ってるから」

「はい」

有無を言わさない調子だったが、式部と外出しても特に問題はないだろうと結論づけ、螢は鶴松を探す。彼は思ったとおりに水やりをしており、すぐに見つかった。

「ちょっと出かけてきます」

「おう、行ってきな。七ツ（十六時）には戻ってこいよ」

「はい！」

裏門では式部が、帯刀して佇んでいた。

「行くか」

番所に立っていた門番は式部に手を伸ばしかけたが、「ああ」と首を振った。

「七ツまでには帰りますから」

式部は笑みを浮かべてそう言い残した。

「今の、何ですか？」

「鑑札だよ」

「鑑札って？」

螢の疑問に対し、式部はすらすらと答えた。

「藩士は外出を厳しく制限されてるから、出かけるときは目付に許可を取って鑑札をもらう。それを門番に渡さないと、外に出してもらえないんだ」

「へえ」

「で、帰ってきたら門番から鑑札を受け取って、目付に返しておしまいってわけだ」

「ずいぶん、厳密なんですね」

「うん、仕官も考えものだな。不自由すぎる」

式部がにこりと笑うと妙な愛嬌(あいきょう)と清潔感がある。浪人のくせにどこか偉そうなところも嫌みにならず、さぞや女性にもてるのだろうなと、螢はまるで関係のないことを考えてしまう。

「このあたりは静かなんですね」

初めてここを通ったときに、道を聞けそうな町人にはまったく会わなかった。

「さっきも言ったろ。藩士たちは鑑札で管理されるくらいなんだ。暇そうにぶらついているやつのほうが少ないよ」

「どうしてですか？」

「守善様は定府でいつも江戸にいらっしゃるけど、そうじゃない大名も多いだろう？　武士の中には、殿様が帰ったあとも江戸に留め置かれる者がいる。そういう連中は退屈で仕方なくて、下手をすると悪事に手を染めかねない。だが、藩士は藩の名前を背負ってるから、不祥事は起こすと評判が下がる」

「だからって、屋敷に籠もっていたらよけいに飽きちゃいそうですね」

我ながら、普段の自分よりも口数が増えているのを自覚していた。

「そうなんだよ。――ん、そういやおまえ、人別帳はどうなってる？」

「特に変わりません。年季奉公なので、国元にすぐ戻ると思いますし」

「それでよかったよ。そうじゃないと、おまえも藩を負う羽目になるからな」

「私まで⁉」

どうしてだか、式部は話しやすい。まるで春成みたいな、どこかするりと人の心に入り込める間合いを持っているせいかもしれない。

「ああ。だから、藩の名前を穢すような真似をしたら、斬り捨てられるぞ」

「え」

「代わりに江戸屋敷で賭けごとをしたり多少の悪事を働いても、岡っ引きは踏み込めないから、捕まらないけどな」

江戸屋敷の中では、その藩の決まりが適用される。岡っ引きが江戸での法を当てはめようとしても、それは難しいらしいと螢は理解した。

ということは、やはり、下手を打って正体がばれたら手討ちにされても文句が言えないのだ……。

俄に肝が冷え、ぞっとしてしまう。

「ともかく、あまりにも窮屈じゃ藩士が気の毒なんで、今はそんな決まりもなくなった。おおっぴらってのはまずいが、遊ぶのはこっそりやれっていう風にな。おかげで芝居も吉原も、昼間に向かう分にはお目こぼしされる。まあ、昼間に遊ぶ藩士は、吉原じゃ野暮天扱いだけどな」

式部は軽く言い、大きな赤い鳥居を指差した。

「初めて会ったのは、このあたりだったな。山王様にはお参りしたんだろう?」

「急いでたし、外から手を合わせただけですけど」

螢の言葉に「え」と式部は短く声を上げる。

「そいつは真面目にもほどがある。物見遊山に来たんじゃないにしても、神社を無視するのはよくないいな」

「私は先生と違って雇われ者ですから、刻限に遅れるわけにはいかなかったんです。くびにでもなったら、行き場はないし」

「そうか？　おまえは結構可愛いから、もうちょい磨いて、垢抜けた格好で岡場所にでも行けば……」

彼はそこまで述べてから、しげしげと螢の顔を眺めた。

「岡場所って？」

「ん……何でもない」

磨り減った石段を軽やかに登りながら苦笑した式部は、鳥居をくぐるように促した。おそらく、廓と似たような場所だろうと見当をつける。

「さ、今日が楽しい一日になるように神頼みしておこうぜ」

「それが江戸流ですか？」

境内の建物は鮮やかな朱色で塗られ、眩しいくらいだった。

「いや、俺好みだな」

忍びが手を合わせるのは、死なずに済みますようにと祈るときくらいだ。

あるいは、例の九字を切るのはおまじないのようなものだ。

だから、その日の楽しみのために神に願うなんて、考えたためしがなかった。

変わり者だと思ったけれど、これも粋ってやつに違いない。螢はそう思い直し、賽銭箱(さいせんばこ)の前で手だけ合わせた。

お役目が成功しますように。

それから、今日が素敵な一日になりますように。

賽銭箱から離れると、境内の屋台を冷やかしていた式部がこちらに顔を向けた。

「やけに真剣な顔だったけど、何をお願いしたんだい?」

「仕事が上手くいきますようにって」

「真面目だな」

ふふっと笑った式部はいきなり手を伸ばし、わしゃわしゃと螢の髪を掻き混ぜた。

「ちょっと、やめてくださいよ」

折角整えたのに。

「いいじゃないか。どうせ結ってるだけなんだし」

ふて腐れて髪を直す螢の背中を叩き、「ほら、行くぞ」と彼は明るく声をかけた。

「これから、どこに向かうんですか?」

「やっぱり浅草(あさくさ)だな。ここから歩くが、あすこが一番面白い」

「はい！」

噂には聞いていたけれど、浅草に行けるなんて夢みたいだ。確かにそんな遠くまで出向くのなら、道案内は必須だった。

「覚悟しておけよ。何しろ日本橋よりも遠くだ」

「大丈夫です」

そもそも遠出するにしても、螢のような庶民は侍や金持ちのように駕籠に乗れるわけではない。

頼れるのは自分の二本の足しかないのだから、体力勝負になるのは腹をくくっている。

もとより鹿嶺にいた頃は山野を駆け回って修行していたので、体力については自信があった。

「しかしおまえ、なかなか体力があるなあ」

「先生こそ、お武家様なのに、もう疲れたの？」

螢が首を傾げると、並んで歩く式部は苦笑いをする。

江戸は珍しいものばかりだったが、次第に目が慣れてきて目移りしなくなった。

「少しばかり眠くなってきただけだ。昨日は遅くまで守善様と飲んでたからな」

「お殿様と⁉」

唐突に守善の話題が出て、螢は驚きに目を見開いた。

「そう驚くことじゃないだろ？　俺と殿様は飲み仲間みたいなもんだからな」

ずいぶんと気安い言い草だ。

「だって、先生は浪人なんでしょう？」

「おまえ……おとなしそうに見えて、時々核心を突いてくるな。俺はただ、仕官はどうも性に合わんってだけだ。さっきも見たろ。鑑札で管理されるなんてまっぴらだ」

「ふうん」

言われてみれば、式部はもともと整った顔立ちだし、服装だってそこまで荒んでいない。月代を剃らない点以外は、ほかの侍よりも堂々としているくらいだ。

「それに、藩士は出かけられるからまだいい。大変なのは殿のほうだ」

「どうして？」

「殿はほとんど外出できないで、毎日屋敷に閉じ籠もっているんだ。おおっぴらに出られるのは、江戸城へ登城するときくらい。そんなのまっぴらだろう？」

「それにしちゃ顔を合わせないけど……でも、折角江戸にいるのに、もったいないですね」

「だよな。だから、殿様は俺みたいな浪人を捕まえて、気晴らしに一句詠むんだろうな」

そういうことなら、式部の立場にも納得がいく。

「昨日もかなり飲む羽目になって、今日は酔い覚ましというか、気晴らしに歩き回りたかったんだ。つき合ってくれてよかったよ」

「どういたしまして」

「しかし、その様子じゃ江戸に親戚が住んでるってわけでもないよな。何でこっちに来たんだ？」

「棄て児だから……家族はいません」

思わず言い淀（よど）むと、式部はばつが悪そうな顔に変わった。

「すまん」

棄て児なんて世の中に掃いて捨てるほどいる。他人の出自など、いちいち気にしていられないだろうに、さも申し訳なさそうな顔をされて螢は何だかおかしくなった。

「すごくいい人に拾ってもらえて！　その方は、ずっと、私を育ててくれました。だから、恩返しがしたくて江戸に来たんです。江戸なら夢が叶うかもって」

「江戸じゃなくても恩返しはできるんじゃないか？」

式部の言葉は鋭かったが、それくらいの答えは用意している。

「だって、江戸は日の本一の町なのでしょう？　一度、見てみたかったんです。それで、帰ったらたくさんお土産話を聞かせてあげたいんです」

「よっぽど、その恩人が好きなんだな。それが尊敬する人なのかい？」

「えっ……はい……」

春成について語れるのが嬉しくて、ついつい早口になってしまった。もしかしたら、式部は面食らっているのかもしれない。

言ってはいけないことを発した覚えはないが、発言には気をつけないと。

「感謝するのは大切だけど、そういうのはただの順番だからな」

「順番？」

「赤子は一人じゃ大きくなれないから、誰かが面倒を見る。そして自分が大人になったとき、同じように誰かの面倒を見る。その繰り返しで、みんな、当たり前のことをしてるだけなんだよ」

単純な言葉に凝縮されているのは真理かもしれないが、それでは義理としか思えない。義理や責任ではないもので、春成は自分を可愛がってくれたはずだ。

「でも……私には大事なことです。お館様が私を見つけてくれたから、私の順番が回ってきたんです」

「うん、それはそうだ。なら、土産話の種を増やさないとな。できるだけ俺もつき合ってやるからさ」

「はい！　……あれ？」

勢いで頷いてから、周囲に目を配った螢は眉を顰めた。明らかに、先ほどまで歩いていた通りとは空気が違う。

「どうした？」

「何だか、とてもにぎやかになった気がする……」

突然、人通りが多くなってきたせいで、螢はきょろきょろとあたりを見回す。

あまりにも人の気配に過敏だと気にしすぎてしまって苦しいので、普段の生活ではあえて鈍感になるよう心がけているのだが、それにしても急に人が増えた。

「ここまで来れば観音様までもう少しだからな」

「そうなんですか⁉」

螢は目を見開いた。

人の流れに押され、ついつい急ぎ足になってしまう。すぐに大きな赤い門が見えてきて、螢は「わあ！」と歓声を上げた。

「あれが風雷神門。あの先に、浅草寺の仲見世があるんだよ」

門の近くには屋台がいて、のぼりには『まめ』と書かれている。

「……まめ？」

「豆菓子を売ってるんだ。中に入るともっとにぎやかで、店もいっぱいある。見世物も出てるぜ」

「見世物？」

「うん、お手玉とかな」

どんなすごい見世物なのかと一瞬にして期待が膨れあがったが、式部の答えに萎んでしまう。

「お手玉なんて、私にもできますよ」

「でも、それは丸い布袋を使うやつだろ？　こっちの見世物は、鎌や刃物でやるんだよ」

「ええっ」

話しながらも急かされるように足早に門をくぐると、参道はたくさんの人で溢れんばかりだった。

「わあ……」

思わず、小さな歓声が零れてしまう。

初めて日本橋を見たときと同種の感動が、螢の胸に甦ってきた。

そんな螢を見て何が楽しいのか、式部は目を細めている。

「一休みするか。何かご馳走する約束だったからな」

「じゃあ、あれ」

螢が『しるこ』と書かれたのぼりを指差すと、式部は「目がいいな」と頷く。

「あそこの汁粉は旨いらしいぜ」

店頭には床几が置かれていたのでそこに座り、式部は汁粉を二つ頼んでくれた。

「お汁粉、楽しみです！」

「そいつはよかった」

すぐにあったたかい汁粉が出され、螢は目を見開く。

「いただきます」

そろりと舐めてみると、汁粉は舌の付け根が痛くなりそうなくらいの甘みだった。

「美味しい‼」

螢が歓声を上げると、式部は無言で顎を掻く。

「あれ？　美味しいって言っちゃだめとか？」

「いや、そうじゃないんだ。俺には歳の離れた兄と、弟がいてな。それを思い出してた」

淋しげな口ぶりから、最早その兄弟はいないのだと読み取れた。

途端に、心臓のあたりが重くなる。

侍であっても、病気になるのは町人や農民と同じだ。医者は金がかかるし、早死にする者も珍しくはなかった。

そこで沈黙が訪れ、螢は焦ってしまう。

式部がわざわざ楽しい一日になるよう願ったのだから、会話をもっと弾ませなくては。

「……あ、あの！」

唐突に螢が口を開いたので、式部は不審そうに「ん?」と視線を向けた。

「先生は、浪人になって日が浅いのですか?」

「──どういう意味だ?」

式部の声が一段低くなった気がして、螢はびくっと震えてしまう。

しまった。

見た目を褒めようと思ったのだが、これってもしかしたら、悪手だった?

「いや、つまり、その……目つきが鋭くて、侍みたいだなって」

そのうえ、どこか偉そうで、考えてみると春成に通じる育ちのよさみたいなものを感じるのだ。

「…ああ! そりゃあ浪人だって元は侍だろ?」

「そうか……そうですよね。すみません、なんか、こういうの初めてで……浮かれてしまって」

変なことを口走ってしまったと、真っ赤になった螢はつらつらと弁解を試みた。

「初めて?」

「里は田舎だからお祭りとか行ったことなかったし、里を出るのも初めてだったから……だから、すっかり舞い上がっちゃって」

里では修行ばかりだし、大規模な祭りはなかった。

時として里を抜け出してこっそりほかの集落に出向いて遊んでくる輩(やから)もいたが、たいていは大目玉を食らっていた。

「江戸は楽しいか？」

「すごく！　毎日がお祭りみたいなんですね！」

螢が笑みを零すと、式部は眩しげに目を細めた。

「いいな、おまえが嬉しそうなのは」

どういう意味だろうと螢が首を傾げると、式部はぽんと螢の頭に手を置いて、続けざまにぐしゃぐしゃと乱暴に撫でた。

「こっちまでいい気分になる」

ちょっと痛かったけれど、彼の掌があたたかくて。

思わず目を閉じてしまうと、ややあって、その手が離れた。

「今日のことは貸しだからな。どこかで返せよ？」

「ええっ⁉」

ぱっと目を開けて声を上擦らせる螢に、式部は快闊(かいかつ)に笑いかけると「これも食べろよ」と自分のお椀(わん)を押しつけてきた。

汁粉はほとんど手つかずだ。

「じゃあ、遠慮なく」

「おう。食い終わったら観音様にお参りしないとな」

「うん！」

観音様に祈れば、自分にとって初めての任務も上手くいきそうな気がする。

そう思うと何だか嬉しくなり、螢は笑みを零した。

四

床下は真っ暗で、どこか湿った匂いがする。

よけいな音を立てないように気を遣いながら、螢は暗い床下を密やかに進んでいた。

これぞ忍びの本懐ともいえる、隠密行動だ。

昂奮に心臓がどきどきしてしまう。

灯火はもちろん持たないが、床下といえども完璧な闇ではない。実際、床上の部屋で行灯や灯りが点いていれば、隙間から漏れてそれが頼りになる。

右、左……ここからは真っ直ぐに。

螢は息を潜め、自分自身の存在すらも消し去ろうと努めていた。

時折、ちゅうちゅうと鳴きながら、鼠があちこちを走り回る。鼠自体は珍しいものではなかったが、不意に現れるとどきっとさせられてしまい、螢は息を呑んだ。

あるいは、虫だ。蜘蛛の巣が目の前にあってそれに突っ込んでしまったり、顔に黒い虫がぶつかってきたり。

そのたびに声を上げかけるのを、懸命に堪えなくてはいけなかった。

もう一度、心を落ち着けるために九字を切る。

臨兵闘者皆陣裂在前。

ふう……。

着物が汚れたら厄介だったが、普段着ている紺の絣以外の着替えはない。大部屋で暮らす身の上では大きな荷物を置けない。何かの拍子に忍び装束が見つかったら、怪しまれるのは必定だったからだ。

身につけている小袖の両方の裾を帯に挟んで尻からげにしただけだが、庶民の動きやすい格好といえばこれだ。旅支度も同じだったし、基本的にこの格好で動き回れるよう訓練しているので問題はない。

――ここだ。

これまで通ってきた箇所より、頭上の人の気配が多い。

おそらく、真上が守善の座敷だろう。

今宵は守善のところに来客があり、人手が足りずに、まかないの女中が奥女中を手伝うべく御殿へ向かった。

螢はそれを眺めているだけだったが、はたと、昨日、浅草の観音様のおみくじで大吉を引いたのを思い出したのだ。

――お、螢、こいつはすごいな。富くじでも買ってくか？

式部まで嬉しそうだったので、珍しいものらしい。

――いえ、私にはほかの夢があるからこの運は取っておきます。

――運を取っておいたりできるのかい？

――じゃあ、早めに使います。

確かに、運もご利益もすぐに使わないと消えちゃうかもしれない。

今宵こそ、決断のしどころだった。

斯くして螢は一度下男部屋に戻り、仲間たちが寝たのを見計らって厠に行くふりをして外に出て、床下に潜り込んだわけだ。

「それで、此度のご公儀の仕打ちには……」

やはり、上には殿様たちがいるようだ。

何やら難しい内容を話しているのはわかるが、床上の話ではさすがにすべては聞き取れない。

目を閉じ、螢は神経を集中させる。

修行では、板の上に落ちた針が何本かを聞き分ける練習に励んだ。螢にとって、音を聞き取る修行は一番得意だった。

「まあ、そう申されても今のところは致し方あるまい」

「そうなのだが、丹波の……」

世間話なのか、違うのか。いずれにしても彼らの口調はやけに硬く、酒宴を楽しんでいる様子ではない。

どすっ。

刹那、鈍い音とともに、螢の目の前には床上から白刃が突き通っていた。

悲鳴を上げぬよう、螢は思わず口を両の手で塞ぐ。

気づかれたのか⁉

「如何した、及川殿」

「酒の席の余興にしては、冗談が過ぎるぞ」

呆れたような、驚いたような口調。

空気が、変わった……。

頭上の座敷の気配が、緊迫したものに一変したのがわかる。

びりびりと躰が痺れるような、そんな空気を感じて螢は息を詰めた。

「しっ。やはり、誰かいる」

「え？」

おそらく、惚けたようなこの声の主が守善だろう。怪訝そうに問うている。

しくじった。

後悔と不安に、心臓が締めつけられるように痛み、掌に汗がじっとりと滲んでいた。

ばくばくと心の臓が脈打っている。

教えられたとおりに鼠や猫の鳴き真似でもすればよかったのに、今更鳴いても、床下に人間がいると言っているようなものだ。

「早う床下を検めよ、誰か」

「はっ」

俄にばたばたと人が動き始める気配を察し、螢は慌ててその場を離れる。暗がりの中、何度も蜘蛛の巣にぶつかり、それでも何とか庭に飛び出した。

「！」

ここがどこかわからない。

走りながら必死であたりを見回すと、いつも使っている井戸が見えてくる。

そこに滑り込む寸前に、後方から声が響いた。

「いたぞ！」

——まずい。

ざざっと数組の足音が近づいてくる。

ままよ！

螢は懐に手を入れ、用意してあったまきびしを摑んだ。

そして、追っ手たちの来る方角に向けてばらまいた。

これは、水草であるオニビシの実を乾燥させたものだ。軽くて邪魔にならないため、今回のような潜入には打ってつけだった。

無論、足止め用なので踏めば相当痛い。

金属製のまきびしもあるが、それでは重くて持ち運ぶのに不自由なので滅多に使わない。

今回は奉公で私物をほとんど持ち込めないので、あらかじめ撒いておくのでなければ、こちらが便利だった。

「いて！　いてて！」

「くそっ‼」

狙いどおりに草履の底を突き破って足の裏に刺さったらしく、男たちの叫びが耳に届く。

よし。

そのまま下男部屋のほうへ走っていたところ、暗がりからぬっと人が出てきた。

急いで螢は、尻からげだった裾を落とす。

「ん？　螢か？」

「！」

ぎょっとした螢が顔を上げると、目前に立ち尽くす式部の姿が見えた。

ぼやけた月明かりの下でも、式部の端整な面差しはすぐにわかる。

夜分で休んでいたからか着流しで、袴は身につけていない。襟元がどこか崩れていて、思わず視線が吸い寄せられそうになる。

「こんな遅くに、どうした？」

不思議そうな顔つきで問われ、螢は口を開いた。

「人の声が聞こえたから、泥棒かと思って」

咄嗟に嘘をついたが、式部は「ああ」と納得顔で首肯した。

「どうも曲者が忍び込んだみたいだな。まだいるかもしれないから、気をつけろよ」

「はい…」

式部はどうして斯様な場所に立っているのか問おうとしたが、不意に、何かが髪に触れた。

「ひゃあっ」

うっかり甲高い声を出してしまい、慌てて螢は口許を押さえた。

式部が螢の頭に触ったのだ。

「すまぬ。蜘蛛の巣がついていたんだ」

「申し訳ありません」

どきっとした。

「謝ることじゃないさ」

けれども、蜘蛛の巣が髪についていた以上、床下に潜っていたと気づかれるのではないか。

ひんやりと、心臓のあたりが冷えていくようだ。

「いくら下男とはいえ、身なりには気をつけろよ。清潔第一だからな」

「……はい」

そこで式部はふっと微笑(ほほえ)む。

「明日も早いんだろ？　さっさと部屋に戻りな」

「すみません」

式部と別れた螢は、激しく脈打つ心臓を押さえながら下男部屋に向かう。仲間たちの鼾(いびき)が酷(ひど)かったが、起きている人間はいないようだ。

自分の布団は既に鶴松(つるまつ)が半分ほど占拠しており、苦心しながら寝床に入った。

「はあ……」

大変だった……。

目を閉じても、筆舌に尽くし難い昂奮に暫(しばら)く眠れそうになかった。

ここに来て初めて、忍びっぽいことをしてしまった。

上手くはいかなかったけれど、お役目の完遂に一歩近づいたように思え、誇らしささえ覚えた。

その夜は、久しぶりに春成の夢を見た。

——よくやった、螢。

くしゃくしゃと頭を撫でられて、螢は目を細める。

……あれ？

そうじゃない。この撫で方をするのは春成ではなくて——はっと顔を上げると、目の前にいるのは式部だった。

式部はにこにこと笑いながら、螢に汁粉を勧めてくれる。

まあ、いいか。

春成じゃなくても。

誰かに褒めてもらえるのは嬉しくて、誇らしい。

それに夢の中であっても、式部が食べさせてくれる汁粉はとても甘くて心が解けていくみたいだった。

一夜明け、昨日と変わらぬ朝がやって来た。

布団を片し、螢は顔を洗って厨へ向かう。

何食わぬ顔で挨拶を交わして台所に紛れ込むと、女中や下男たちの話題は昨晩の謎の侵入者一色だった。

「昨日、曲者が忍び込んだらしいぜ」

「うちに？　何でまた」

「ここにはお宝なんてないだろ？」

「さあなあ……俺らの知らないお宝でもあるのかもしれないぜ」

「だったら、おぜぜもどうにかしてほしいよなあ」

下男の一人が言うと、皆が一斉に笑った。

普段の朝餉は無言で掻き込む者が多いのに、滅多にない事件の昂奮が皆を支配しているらしい。

ぼんやりと戸口に立ち尽くしていると、「螢、おまえは？」と声をかけられた。

「え？」

鶴松に問われ、螢はぎょっとした。

「夜中に厠に行ってただろ。何か見かけなかったか？」

彼は螢の隣に寝ているので、螢がこっそり抜け出したのに気づいたのだろう。

耳鳴りがし、手に汗が滲んできた。

「騒がしかったけど、またお酒飲んでるのかなって思って……誰も見ませんでした」

「連歌の会でもやってたのかねえ。そっちのほうがこのお屋敷らしいな」

一同はどっと笑った。

「ああ、そうだ。その曲者とやら、何か妙なものを撒いてったみたいだから、掃除は気をつけろよ?」

鶴松の言葉にどきりとして、食事を始めた螢は顔が強張(こわば)りかけるのを感じる。

「妙なものって?」

「何かの木の実らしいな」

「木の実……気をつけておきます」

昨日足止めに使った、オニビシのことだろう。

「さっさと食って仕事にかかるぜ」

「はい」

螢は表情を引き締めて頷いた。

できるなら、オニビシは回収して再利用したい。江戸では手に入らない貴重なものだからだ。

螢は急ぎ足で竹箒を持ち出し、怪しまれない程度にそそくさと昨日の場所へ向かう。

意外にも、そこには先客がいた。

式部だった。

式部は地面に膝を突き、何かを探しているようだ。

ちょうど、昨晩、侍に追いかけられてオニビシを撒いたあたりだ。

螢はぎょっとした。

「先生、何か落とし物ですか？」

「ん？　ああ、おまえか」

立ち上がった式部の掌には、やはり、オニビシの実が載っていた。

小石と紛れてもおかしくないのに、想像以上に式部は鋭い観察力を持ち合わせているようだ。

昨日のうちに拾っておけなかったのが、敗因だった。

「何ですか、それ」

「どうやら木の実か何からしい。見たこともないのだが」

水草だから、江戸住まいの式部が知らないのは当然だ。

乾燥させたオニビシは、陽射しの下では茶色くて見るからに固そうだ。もちろん、素足で踏み抜くと激痛が走るうえに流血するし、昨日のような草履の相手にも十二分に効き目がある。

「知っているか？」

「珍しいですね」

初めて見るなどと嘘をつけば、いずれ墓穴を掘るかもしれないので、そう述べるに留めた。

「昨日、ふらふら歩いてたろ？　おまえが踏まなくてよかったよ。何人か、藩士も怪我をしたらしくて御長屋は大騒ぎだった」

「そうだったんですね」

「まったく、この家に忍び込むなんて……金目のものなんてないだろうになあ」

「ほかの方が話してましたけど、ここってそんなに貧乏なんですか？」

螢が首を傾げると、「らしいな」と式部は小さく笑った。

「なら、先生は何でここに？」

「……趣味が合うっていうのは大事なことなんだよ」

式部は一瞬、言葉に詰まったようだった。

「お金ももらえないのに？」

「金目のものは置いてないってだけだよ。仮にも譜代大名だ、それなりに財はあるさ」

ぽんと肩を叩かれて、螢ははっとした。

「じゃあな」

そういえば、夢の中で式部に頭を撫でてもらった。

何だろう。嘘をついてはいないのに、どきどきする。

釈然としない感情に包まれ、螢は腕組みをして考え込む。あまりにも式部がちょっかいを出してくるから、もしかしたら、気になってしまうのかもしれない。

　それでも悪い気がしないのは、式部が気さくないい男だからだった。


　水をもらおうと台所へ行くと、女中や中間たちのにぎやかな声が聞こえてくる。思わずそちらを覗（のぞ）いてみると、貸本屋が持ち込んだ草紙を広げていた。

　大きな箱を背負った貸本屋は、江戸に着いたばかりのときに歩いているのを見かけたが、この屋敷での遭遇は初めてだ。

「！」

　懐に余裕がないから通り過ぎるつもりだったのに、そこで足を止めてしまったのは、男の姿かたちに見覚えがあったからだ。

「螢も見たいのかい？」

　楽しげに絵草紙を眺めながら、女中の一人が尋ねる。

「あ、はい」

「前に来てた勘太郎（かんたろう）さんが腰を痛めたそうでねえ。このあたりを引き継いだんだって」

　女中の説明に、螢は曖昧に首を縦に振った。

「あっしは組合から斡旋（あっせん）された、喜助（きすけ）って申しやす」

三十代の喜助は頭を町人風に結っており、たれ目がいかにも人懐っこい。

喜助は里の同胞で、螢よりも前から江戸に潜伏している人物だ。驚きはしたものの、繋ぎ役として行商人を送り込むと言われていたので、考えればおかしくはなかった。

「貸本の組合があるんですか？」

螢が思わず口を挟むと、喜助は「へい」と頷いた。

「うちの組合は、人数が多い。今の江戸じゃ、六百人くらいいますよ」

「ああら、結構な数ねえ」

「貸本屋は人気があるんで、それで」

「そうね、どこのお屋敷にも出入りしているもの」

「ここのお屋敷だけ警備が厳しくなったようですが、何かあったんですかい？」

喜助がいきなり核心に踏み込んだ。こちらをちらっと見られた気がしたが、素知らぬ顔で隣の人物が広げた貸本に見入る。

「ああ、曲者が入ったんだよ」

「曲者？」

「そうそう、なんでもうちのお殿様の床下に、でっかい鼠が忍び込んだらしくてね。で、暫くは出入りに気をつけておこうってさ」

「そりゃ大変だ」

喜助が言葉を切ったので、自分の失策を知られてはならぬと螢は口を開いた。

「私は初めてなんですけど、どんな貸本があるんですか？」

「男性の人気は軍記物ですねえ」

「へえ」

「何かご要望は？」

「今は、何も……田舎から出てきて貸本は初めてだから、選べなくて」

喜助は螢の目をじっと見つめ、それから頷いた。

「じゃあ、これをどうぞ。面白いですよ」

喜助は一冊の本を螢に差し出した。

表紙には『太平記(たいへいき)　巻の一』と書かれている。続き物であれば毎回借りても怪しまれないし、これからも喜助と言葉を交わすきっかけになる。

「これにします。お代は……」

「初めてなら、今回のお代はいいですよ。おまけしときます」

「はい！」

元気のいい螢の言葉を聞いて、喜助は破顔した。

「待って、今日は新作はないの？　ほら、奥女中ものの……」

女中の一人に尋ねられ、喜助は申し訳なさそうに謝る。

「ああ、あれは人気がありやしてねえ。次こそは持ってきますよ。生憎(あいにく)、前のお屋敷で借りられちまって」

「あら、残念。次は回る順番を変えてほしいわ」

「変えたら回ってこないじゃないか」

中間の鋭い突っ込みの言葉に、一同はどっと沸いた。

「じゃあ、また十五日後に」

「おうよ」

新しい絵草紙を借りた中間が、ほくほくした顔で送り出す。

喜助の背中を見送りながら、螢は息を吐き出した。

彼が懐かしい鹿嶺(かみね)の匂いを運んできてくれたように思えて、もう少しだけ言葉を交わしたかった。


子供の頃、皆に隠れていつも泣いていた。

鹿嶺の里で身寄りがいない子供は、自分だけ。

ひとりぼっちは淋しくて、つらくて。

——待って。待ってよ！

必死で駆け足になる螢を、子供たちはあっさりと置いていってしまう。

「やだよ！」

「棄て児のくせに！」

「棄てられてないもの！」

「走るのも遅いし」

「手裏剣を投げるのもへたくそ」

馬鹿にされた螢は泣きじゃくりながら走ってみたが、子供の足では二歳も離れた相手には追いつかない。

とうとう転んでしまい、螢は膝も手もどろどろになってしまう。

そのまま地面にうずくまって泣いていると、躰の上に影が落ちる。

それから、ひょいと背後から抱き上げられた。

「螢」

「おやかたさま……」

「お館様！」

しかめ面でついてきたじいが、心底、嫌そうな顔を見せた。

「汚れますぞ。おやめください、泥塗れでしょう」

「いいじゃないか。泣いている子を放っておけないよ」

「これからつらい修行が待っているのですよ？　いちいち慰めていては、身が持ちませぬ」

「この子は忍びには向いていない」

「ならば、役立たずは追い出しますか？」

じいの厳しすぎる言葉に、螢は震え上がる。

「いや……いつかきっと、役に立ってくれるだろう。すぐにものにならなくてもよいのだ」

「それは甘すぎます」

ぴしゃりと言われて、春成は困ったように眉を顰めた。

「そうかなあ」

「おやかたさま、ごめんなさい……」

「おや、螢が謝る必要はないんだよ」

笑いを含んだ声で告げた春成は、螢の背中をぽんぽんと叩く。

「螢が無事なら、それが一番嬉しいんだ」

低く静かな春成の声が、まるで、胸に染み込んでくるみたいだ。

お館様。

あれから螢は、二度と泣かないと誓った。

苛酷な修行で大きな怪我を負っても、泣かなかった。

一度でも涙を流せば、それを知った春成が嫌な思いをする。

どうして螢を拾ったのが自分だったのかと、春成は自身を責めるだろう。結局は、彼のほうが螢よりもずっとつらい思いをするはずだ。

だから、忍びである以上は決して泣かないと決めたんだ。

――お館様……。

目を覚ますと、朝の光が壁の隙間から差し込んでいる。螢は躰を起こすと、大きく伸びをした。

春成のために、絶対に失敗できない。

必ずこの任務に成功して、一刻も早く鹿嶺に帰る。

会いたい。春成に会って、頭を撫でてほしい。

それが今の螢の切なる望みだった。

あれ？　だけど、春成が頭を撫でてくれたことはないような……。どちらかというと、ぎゅっと抱き締めてくれたけれど。

髪をぐしゃぐしゃっと掻き混ぜてぬくもりを分け与えてくれたのは、こちらで出会った式部だった。

「――っ！」

苛々(いらいら)してしまい、螢は声にならない声を上げて自分の膝に顔を埋(うず)めた。

またやっちゃった。

折角春成を思い出したのに、今ので、式部の面影のほうが濃厚になってしまった。

先日も、春成の夢を見ていたつもりが、いつの間にか式部にすり替わっていたし。

そんなに式部は印象深いだろうか？

そりゃ、道案内を引き受けてくれたし、汁粉を奢ってくれたし、世慣れぬ螢を馬鹿にしないし。

でも、所詮はただの浪人だ。

色男金と力はなかりけり――そう言うじゃないか。

螢は自分の感想に納得すると、今度は布団からそろそろと抜け出す。もう、起きださなくてはいけない時間だった。


侵入者騒動のせいで、御殿――守善たちの部屋の警備は少しばかり厳しくなった。

だが、内部の人間はなぜか疑われていないようで、下男たちの取り調べなどはなかった。

貸本屋の喜助は、螢の失敗を悟ったに違いない。自分の間抜けさが春成に伝わって里に連れ戻される前に、何が何でも手柄を立てたい。

とにかく、守善に失点があるかないか。それだけでもわかればいいはずだ。

今宵、月はない。

螢はそっと、星が点々と光る空を見上げる。

守善がこっそり出かけるらしいのは、先ほど厠に行くついでに様子を窺い、駕籠の用意をさせているので気がついた。

式部の言うとおり大名の外出は制限されているので、完全にお忍びで、同道する家来も少ない。

危険は承知で、螢は下男部屋を滑り出る。その際、同室の下男たちを眠らせるために香を焚くのを忘れなかった。

当然門番がいるので、外に出るには塀に上ってそこから飛び下りるほかない。

無論、それくらいはお手の物だ。

忍び装束ではなかったのでだいぶ動きづらいが、それは仕方がない。

ひたひたと走っているうちに、駕籠に乗った守善にすぐに追いついた。

この近辺は材木屋が並び、ところどころ木屑が落ち、切り立ての木の匂いが立ち込めている。

同行する供侍の持つ提灯がちらちらと揺れており、つかず離れずの距離を保っているはずだ。

「止めよ」

ふと、一人が駕籠を止めさせた。

咄嗟に立ち止まり、螢は前方に神経を集中させる。

「何やつ！」

振り返った武士の一人がすらりと刀を抜き、静寂の中でその音が空気を震わせる。

提灯のぼんやりとした灯りに照らされ、刀身が鈍く光る。

どうして……？

まさか気づかれるとは。

警護の人数は減らしたとはいえ、守善の周りには勘の鋭い人物が配置されているようだ。

立てかけられた木材の背後に隠れ、螢は息を詰めた。

いざとなれば、材木を押さえる縄を切れば、それが倒れて大騒ぎになる。それに乗じて逃げ出そう。螢はくないをしっかりと握り締める。

「出てこい。そうでなければ、斬るぞ」

「俺ですよ」

聞き慣れた声に続き、暗がりからひょいと長身の男が登場した。

「ん？　ああ、籬ではないか……」

「ええ。たまには夜鷹でも買おうかと」

式部の口調はあくまで飄々としている。

「それで殿の駕籠をつけたのか？」

「もしかしたら、行き先が同じかと思いまして」

式部は声を上げて笑ったが、供侍たちは苛立っている様子だ。

あたりまえだ。このままだったら式部が斬りつけられるかもしれない。

螢は緊張に身を固くした。

「そんなわけがあるまい！」

怒気を孕んだ調子で供侍に言われ、式部が「かたじけない」と謝る。

「冗談のつもりだったんですが」

「うむ、そなたらもそう怒るな。籬の色好みはよく知っておる」

駕籠の中から太い声が聞こえてくる。初めてきちんと聞くが、これが守善の声か……。

「どうする？　ともに参るか？」

「いえ、今のですっかり萎えちまいました。今日は戻ります」

「おや、珍しい。では、気をつけて帰るがよい」

「は」

駕籠が去る足音に注意を払いながら、螢はそこから一歩も動けなかった。

少なくとも、式部が消えるまではよけいな動きはできない。

だが、式部はその場に佇んでいる。

どういうことだ？

「──おい」

ややあって、式部が唐突に口を開いた。

「おい、いるんだろ？」

「………」

ここは無言でやり過ごすほかない。

──が。

「螢」

もう一度声をかけられ、螢は竦み上がった。

気づかれてる……!?

どうしよう。このまま息を潜めていれば、何とかなるのではないか。

向こうだって鎌をかけているだけかもしれないし。

「出てこないのなら、殿にこれまでのおまえの振る舞いを報告するぞ。床下に潜り込んでいた件も、あらいざらい」

そこから知られていたのなら、最早、逃げも隠れもできない。

渋々暗がりから出ていくと、鈍い星明かりの下で式部がため息をついた。

「なんだってこんな真似をした？」

少し怒っているのか、式部の言葉が尖って感じられる。

「ええと……何となく」

「何となくで済むわけがなかろう」

式部がきっと眉を吊り上げたので、あまりの迫力に螢は一歩後退る。

「一つ間違えれば、斬り捨てられていたかもしれないんだぞ」

そこで式部はふっと言葉を切った。

「おまえ、ただの奉公人ではないな？」

もうごまかしきれないので、螢は俯いたまま口を開いた。

「……はい。私は忍びです」

「忍びだと？」

「頭領の密命で、わけあって、殿様について調べています。先生には迷惑をかけないから、いいでしょう」

星がちかちかと瞬く中、式部は暫く無言だった。

「わかった」

螢が忍びだという言葉を信じてくれるとは、想定外だ。

「信じてくれるんですか？」

「江戸にはお庭番って連中もいるからな」

「殿には黙っててくれますか？」

ほっとしつつも念を押したが、式部の返答は意外なものだった。

「——ああ。どうやら俺とおまえは、同志のようだ」

「同志？」

「そうだ。仕えるあるじこそ違うが、同じ目的であの家に入り込んだらしい」

その言葉を咀嚼するまで、多少の時間を要した。

「……え？」

「だから、俺も主命を奉じている」

あまりのことに理解が遅れる螢を諭すように、式部は低い声でゆっくりと告げた。

「そうなんですか⁉」

「声が大きい」

なぜだか、式部はひどく苦々しい口調だった。

「だって、先生は浪人でしょう？」

「そういう体じゃなければ潜入できないだろうが」

「確かに」

納得がいく答えを聞かされ、思考が繋がった螢はこくこくと何度も頷いた。

「だが、おまえは本当に一人前の忍びなのか？　ちっともなっちゃいないが」

「どのあたりが？」

つい聞いてしまうと、立て続けに答えが返ってきた。

「不用心、世間知らず、騙（だま）されやすい」

「……誰が？」

「おまえがだ」

式部はどことなく苛ついたように、螢の額をぴんと人差し指で弾いた。

「痛っ」

慌てて額を押さえると、式部が上体を屈（かが）めて覗き込むように螢の顔を見つめてきた。

「ま、こうなりゃ乗りかかった船だ。お互い、手を組まないか」

「どうして」

「おまえは危なっかしくて仕方がない。泳がされているのも気づかずに、後をつけて来たりして……おまけに俺につけられているのに気づいてなかっただろう」

「泳がされていたんですか⁉」

「外に逃げた形跡がないんだから、内部の者を疑うのは常識だ。それより、帰り道を覚えてるのか？」

「！」

思わず螢は声を上げてしまう。

「おまえ一人じゃ、無理だ。やり遂げられるわけがないだろう」

「でも」

「それに、おまえが失敗するのは、俺には大きな迷惑なんだ。警備がこれ以上厳しくなっては敵わん」

そういう意味で、螢の迂闊な仕事ぶりでは式部にとって困るのだろう。

「……ごめんなさい」

「わかればいい。けど、だめだって言っても、おまえはやめないんだろ？」

「それは当然です」

螢が胸を張ると、式部はがっかりとした。

「だから、手を組むんだ。今日みたいな、危ない外向きの仕事は俺が引き受けてやる。それならおまえは、働きながら家の中を調べてろ」

「……はい」

確かに、自分なんかよりも式部のほうがよほど怪しまれずに、外出中の守善のことを探れる。それは間違いない。

「じゃ、帰るぞ。こっそりついてこい」

「はい」

式部が先に立って歩き始めたので、螢はそろそろとその背後をついていく。螢に気遣った様子の彼の足取りはゆっくりで、なぜだか里の春成を思い出して鼻の奥がつんとなった。

五

「おはよう」

朝一番に式部に挨拶をされるのにも、すっかり慣れた。

「おはようございます」

竹箒を持った螢が頭を下げると、式部が人懐っこい笑顔を見せる。

「よけいな真似はしてないいな？」

「してません」

朝からそんな風に念を押されるのは、いくらおとなしい螢でも内心では業腹だ。

おまけに、誰かに見つかるとまずいからと、数少ない武器やら香、オニビシやらは全部取り上げられてしまったし。

螢が静かに答えるのを聞いて、彼は目を眇めてこちらをじっと見つめる。

一転した、その冷ややかな目。

いつも穏やかで笑顔ばかりだから見過ごしていたけれど、式部はこんな顔もするんだ……。

ぞくっとした螢が視線を逸らしかけると、彼は不意に表情を緩めた。

「すまん、怒ってるわけじゃないんだ。ただ、軽はずみなことをされるとこっちにも被害が及ぶ。おまえがどうするつもりか、知っておく必要があるからな」

「わかりました」

子供扱いされているようで、螢は拗ねた口ぶりになる。

「暫くは何もしないのか？」

「……考えたのですけど」

決意を込めて、螢は押し殺した声で切り出した。

「ん？」

「その……寝込みを……というのは如何でしょう？」

それなら武器もいらないうえ、螢の性技を存分に活かせるはずだ。

確かに春成に閨房術を使うのは禁じられていたが、かといって、忍びとして何もしないのは歯痒かった。

「返り討ちに遭うぞ」

さらっと返事をされ、螢は慌てて首を横に振る。

「違います。そうじゃなくて、つまり、ええと……伽に上がるのは」

「…………」

式部は黙り込んだ。

「そのような技なら仕込まれております。一流といっても差し支えありません」

……しまった。

勢いで自分でも恥ずかしいくらいに大きく出たけれど、口にした以上は仕方がない。

「──おまえなあ……」

深い深いため息をつかれ、螢は眉を顰める。

「あのお方は、あれでひととおりの遊びを嗜んでおられる。亡くなった奥方はもちろん、最近は落ち着いたが、以前は側室の数も多かったとかで……ともかく、おまえのような田舎者が太刀打ちできる相手ではない」

「だからって、手をこまねいてはいられません」

「今宵にでも寝込みを襲いそうな顔だな」

呟いた式部は腕組みをして何ごとかを考えていた様子だったが、やがて、「うむ」と首肯した。

「ならば、俺が試してやる」

「試すとは？」

意外すぎる返答を聞かされ、螢はきょとんとした。

「おまえの閨房術とやらが使えるものでなければ、意味がないだろう？　一流の証を見せてみろ」

どうして式部に試されなくてはいけないのかと鼻白んだものの、彼は廓のことも詳しそうだったし、何よりも、同じ志を持つ仲間だ。

「わかりました」

「だったら、次の休みのときに外で試すぞ」

「はい」

外？　野外との意味だろうか？

不思議に思いつつも、螢は頷いた。

江戸の町を式部と歩くのは、これで二回目だ。

式部も螢もいつもと変わらぬ服装だ。つまり、式部は黒っぽい小袖に袴。螢は絣の小袖。二人とも金がないので、一着の着物をそれこそ擦り切れるまで着続ける。洒落た服装とは無縁だった。

行きがけに、彼は富士山(ふじさん)がよく見える場所に連れてきてくれた。もちろん、鹿嶺(かみね)から江戸に来る道中でさんざん眺めた。けれどもやはり町中から富士山が見えると、やけに感動してしまう。

式部の案内で歩いているうちに、風の匂いが変わった。

「どうした？」

式部は黙り込んだ螢に気づいたらしく、そこで足を止めた。

「何かきな臭いっていうか……何の臭いですか？」

くんと鼻を動かした式部は、すぐに納得がいったように頷く。

「鼻がいいな。二日くらい前にここで火事があったんだ。見ていくか？」

式部が道をひょいと曲がったので、螢は慌ててついていく。

「えっ、ちょっと」

野次馬はよくないと言いかけた螢は、ぽかんと口を開けた。

小路と小路のあいだは、驚いたことに何もなかった。

二、三の区画だけ、切り取られたように更地になっている。

地面に視線を落とすと、土まで燃えてしまっている。炭化した木材やら何やらが、まだうち捨てられたままだった。

「これって……」

「お江戸は見てのとおり、家ばっかりだろ？　火事が起きたら大変だ」

「うん」

「最初からあちこちに火除(ひよ)けの土地を作っているけどな、それでも間に合わないことが多い」

火事が怖いのは、上方も同じだ。でも、江戸(えど)のほうがもっと建物が稠密(ちゅうみつ)に見える。

「だから、先回りして壊すんだ。次に燃えそうな場所を選んでな」

「怒られないんですか⁉　家財道具とかあるし」

「そりゃかまうだろうが、江戸っ子だからな」

「だって、布団とか衣とか、燃えちゃうと困るし……」

「おまえ、何も知らないんだな」

おかしげに式部が笑うのを見て、螢は首を傾げた。式部は相手を馬鹿にしないので、笑われても嫌な気分にはならなかった。

「もしかしたら、江戸の人たちって布団を使わないとか？」

それにしては下男部屋には布団がきちんと用意されていたが、町民は違う風習を持つのかもしれない。

「そうじゃない。みんな金を払って損料屋から借りてるんだ。だから、また借りればいい」

「借りるって、誰に？　大家さん？」

「そういう商売のやつがいるんだ。金さえ払えば何だって借りられる」

「布団も？」

「おう、枕もな」

どこか楽しそうに、彼はいろいろなことを教えてくれる。

「着物も？」

「帯も襦袢も全部だ。下手したらふんどしだって借りる」

「ふんどしも⁉」

螢が立て続けに頓狂な声を上げたので、掃除をしている中年の女性がちらっと振り返った。

「俺なんかは下女に洗わせるけどな。江戸っ子はふんどしを自分で洗うのは許せないいんだ」

「あれ？　御長屋って下女がいるんですか？」

それだけの金を、浪人者の式部が持つとは思い難い。

「藩士が何人かで金を出し合って雇ってるんだ。そうじゃないと、飯も自分で作らなくちゃならなくなる。で、俺も一枚嚙ませてもらってるってわけだ」

「へええ……」

感心しきった螢が呟くのを見下ろし、式部がおかしそうに頭を撫でた。

「こっちだ」

「あ、はい」

神社や何やらが建ち並んでいると思いきや、何やら妙にいかがわしい雰囲気の一画が現れた。

見た目は茶屋だが、客が笠(かさ)や手ぬぐいで顔を隠し、こそこそしているのだ。

「そこが行き先だ」

「ここが茶屋、ですか?」

「うん」

式部は堂々と茶屋に入ると、何も聞かずに金を払う。

要は手慣れているのだ。

「こちらへ」

店の者に二階の一室に案内されて、あまりの手際のよさに螢は目を丸くした。

待合茶屋の窓には格子が嵌(は)まり、外からはもちろん、中を覗けないようになっている。

屏風絵(びょうぶえ)は男女の営みが描かれており、淫靡(いんび)さを演出しているようで螢は頬を染めた。

そして、布団。

赤い敷布団が目にも鮮やかだ。

布団が一組しかない時点で、ここで何が行われるか想像がつく。

「ここで……その……」

「時間がないからさっさと済ませるぞ」

「……はい」

言われたとおりに螢は自分の着物を脱ぐと、ふんどしも外して全裸になった。

それを式部は見守っているので、気恥ずかしくなる。

「何ができるんだ？」

「ええと……蜜涸らしと、水貝の術です」

「蜜涸らしというのは？」

どこか興味深そうに、式部が尋ねる。

「男を咥え込んで、死ぬまで射精させ続ける術です。水貝も似たようなものですが、逆に相手を咥え込んだままこちらが死にます。術中の男は、魔羅を切り落とさなくてはいけません」

淡々とした螢の言葉を聞いて、式部はあからさまに表情を曇らせた。

「お気に召しませんか？」

「いやな、俺とてここで殺されるのは困るし、守善様を殺すのが目的ではなかろう？　生きて帰りたいなら、そんな物騒な術を使うのはやめるんだな」

「あ……」

そういえばそうだった。

螢は頬を染めた。

「そもそも、そんな恐ろしい技、どうやって訓練したんだ?」

「私は、里の特殊な張り型で学びました」

閨房術の訓練の際の、春成の少し戸惑ったような顔を思い出す。

真新しい張り型を手に首を傾げる春成が面白くて、螢は噴き出してしまったっけ。

張り型は竹を組み合わせて撓むようになっており、体内で締めつけるとその撓りが春成の手に振動として伝わる仕組みだった。

挿れる前、春成は緊張しきった面持ちだった。初めてではないはずなのに、やけに前口上も大仰で。

——どうして笑うんだい?

——お館様が、困っているからです。

——おまえにこんなことを教えたくはないからね。

——でも、教えてほしいです。私はお館様のお役に立ちたい。

お役に立ちたい。育ててもらったことを、感謝しているから。

螢が自分の着物を捲りあげて尻を突き出すと、春成は仕方なさそうに息を吐く。近づいてくる衣擦れのあと、ひやりとしたものがそこに触れた。にちゃにちゃと音を立てて塗りつけられたものは、軟膏だったようだ。

――ひ……ん……痛い、いたい……お館様……。

――息を吸ってごらん。螢、ゆっくりやるから。

躰の中で軟膏が蕩(とろ)ける異様な感覚に震えながら、螢はお館様の手にした張り型を受け入れた。

痛かった。痛くて、しんどくて、そのくせ尻の奥がじいんとおかしくなりそうで。

泣きながら声を上げていると、春成が心配してやめてしまう。なかなか訓練は進まず、螢は、じつはこの閨房術はひどく苦手だった。

それでも、踏み込まなくてはならない。

螢はきっと表情を引き締めた。

「つまり、実戦経験はないのか。しかし、それでは実際にどれくらい魔羅を締めつけているのか、わからないだろう？」

「う」

あたかもおぼこいと指摘されているようで恥ずかしいが、螢は頬を染めて頷いた。

「無謀極まりないな。おまえをここに送り込んだやつはどうかしている」

「お館様は！」

思わず螢は声を張り上げた。

「この技は絶対に使うなとおっしゃったのです。最後の手段だと……でも、私が……私が役立たずだから……」

「役立たずなんて、誰が言ったんだ？」

責めるような口ぶりで、彼は問う。

「ちっとも役に立っていないのは、誰に教えられなくても自ずとわかります」

役立たずと自覚しているのに追い打ちをかけられているようで、螢は目を伏せた。

わかっているだけに、つらくてたまらなかった。

「それでいいじゃないか」

「え？」

意外な発言に、螢はまじまじと式部を見つめる。彼は冗談を発しているようでもなく、至極真面目な顔つきだった。

「誰もかもが役に立たなくちゃいけないっていうんなら、年寄りや子供はどうする？　病人は？　無駄飯食らいだって、山に捨ててくるのか？」

「だって……役に立たなければ、居場所がない。それは里の決まりです」

「それは、おまえの思い込みだ。誰もが役に立つ必要なんて、どこにもないんだ。それじゃ、俺みたいな浪人は死ねって意味だろ？」

あの優しい春成だって、言っていた。今ではなくて、いずれ役に立てばいいと。

「おまえがそばにいてくれるだけでいい。そう思うやつだって、いるはずだ」

驚くほどあたたかい言葉だった。

自分が役立たずでも、何もできなくても、そこにいるだけでいいって？

それは……とても素敵な考えだけれど、そんな奇特な人物が世の中にいるわけがない。

それこそ夢物語だ。

「……いませんよ」

「俺は嬉しいけどな」

「えっ⁉」

どきっとしたけれど、その言葉を式部はさらりと流してしまう。

「それに、今のおまえにはわからなくても、いつかそういうやつが出てくるんだ」

式部は漸く笑いかけてくれたが、螢は首を横に振る。

「私は、嫌です。私はすぐにでもお役に立ちたいんです」

頑(かたく)なな言葉を聞いて式部は短く息をついて、切り替えたような表情になった。

「わかったわかった。じゃあ、試しにやってみろ」

「……はい」

尻を解(ほぐ)すための丁子油を持っていたので、式部に小瓶を示す。

「用意はいいな」

それを手早く式部が受け取り、蓋を開けて中身を自分の掌に伸ばした。

ふわりと丁子の匂いが広がる。

「？」

もしかしたら、式部は自分が挿れられるほうだと思っているのだろうか？

疑問を口に出す前に、式部はとん、と螢の肩を押した。

「え」

勢いでどさりと褥に倒された螢は、慌てて式部の端整な顔を見上げる。

肩脱ぎになった式部は何食わぬ顔で、昂奮の欠片もなく、螢の尻に太い指を押しつけてきた。

「ゆっくり挿れてやるから、おまえの得意なことをしてみろ。ほら」

どうやら自分で解せというのではなく、手伝ってくれるつもりのようだ。

「っく……」

指を挿れられるだけで、心臓がぎゅっとなる。

やっぱり、痛い……。これは苦手だ。

躰がかちかちに強張り、苦しくてたまらなくなってくる。まるで犬のように呼吸が速くなり、螢の目に涙が滲む。

「呼吸が浅いな。もっと深く吸い込んで」

「ふ……ぅ……う……」

しんどさに苦しみつつも、螢は必死で呼吸を繰り返す。全身からどっと汗が噴き出し、額に浮かんだ汗が一条の雫になって、つうっと垂れるのがわかった。

「守善様は巨根だと聞いたからな。これくらいで音を上げていては、愉しませる以前の問題だぞ」

「はい……」

そうだ。こんなところで降参しては、大事なお務めは果たせない。

「もう一本、増やすぞ」

「んあっ」

更に指がぐいとねじ込まれ、螢はぎゅっと目を閉じる。狭い肉の中をねちねちと掻き混ぜられ、拡げるように動く。

「ここはどうだ?」

「ひゃっ」

躰の内側にあるこりっとしたものを弄られ、その不思議な感触に躰が跳ね上がった。

何、これ……?

「よし、見つけたぞ」

「?」

「おまえの弱点だ。覚えておけよ」

覚えてどうしろというのか。

涙目になって式部を見上げると、彼は螢の視線に気づき、呆れたような目を向けてきた。

漸く呼吸が整ってくるが、どうすればいいのかわからない。

「弱いところを責められたら、おまえはどうなるんだ？」

「……？」

きょとんとする螢に焦れたのか、式部がため息をついた。

「知らぬのか。仕方ないやつだな」

彼はそう言って、再び指を蠢かす。

「アッ！　あ、あっ、あっ」

なに、これ……。

そこを押されると、まるで漣のように細かい感覚が押し寄せてきて、躰に力が入らない。頭とお腹が疼くみたいだ。

春成に道具で解されたときは、ただ、怖かった。怖くて、怖くて、それでもある一線を越えた瞬間から、浮き上がるみたいに躰がふわっと軽くなった。

そこから先は、熱に浮かされたように声を上げ続けた覚えがある。

今も同じだ。

あたたかくてやわらかくて、痺れそうなくらいに甘い熱が、全身を包み込む。

躰が怠い。指一本動かしたくないのに、すべての神経が下腹部に集中し、反応している。このままじゃ、だめだ。腰から蕩けて、だめになってしまう。

「はあ、あ……ふ……あ……ーッ‼」

自分でも驚くほどに甘ったるい声が漏れそうになり、慌てて唇を噛もうとする。だが、何も間に合わず、螢は腰を突き出すようにして白い体液を放っていた。

幸い、大半の体液は式部が手で受け止めてくれたようだ。螢が暫く肩で息をしていると、式部が手ぬぐいで己の手を拭いている。

「いまの、なに……？」

「気持ちよかったろ」

思ったよりも、冷えた声が戻ってきた。

「うん……」

「快を感ずる……快感と言うべきかな」

気怠く息をつく螢が彼を見上げると、冷徹な顔つきの式部と目が合った。

——え？

どうしてこんなに、怖い顔をしているのだろう？

「油断しすぎだ。忍びのくせに快感に負けてるじゃないか」

はっと息を吞む。

「負けてなんていません……」

語尾がか細くなったのは、我ながら説得力が薄かったせいだ。

快楽に溺れる螢とは裏腹に、式部はずっと冷静だったのだ……。

「弱いところを責められると、どうしようもないくせに？　しかも、自分のどこがだめなのか知らない様子。つくづく、呆れたものだな」

「…………」

そこまで強く非難されてしまうと、弁明すらできそうにない。

螢は上体を起こし、しょぼんと肩を落として前を隠す。

「私は……その、不出来で……」

言葉にならなかった。

とうとう押し黙った螢を見下ろした式部が、不意に手を伸ばした。

殴られるのだろうか。

螢は思わず、ぎゅっと目を閉じる。

「――そうか……すまぬ」

ぐっと抱き寄せられ、螢は逆に全身を強張らせた。

式部の匂いとぬくもりが、とても近い。

わずかに式部は汗臭く、彼が汗ばんでいるのに気づいた。

「何で謝るんですか？」

意味がわからず、狼狽に声が震えてしまう。

「いや、そうだよな。快に負けない人間なんて、つまらないよな」

気を取り直したように、躰を離した式部は語調を和らげた。

「つまらない？」

「好きな相手としっぽり濡れてこそ、生きてる甲斐がある。だったら、固く貝殻みたいに閉じているのもつまらない。おまえは実戦経験もないし、未熟だから、自分を御せないだけだ」

「……そうかも」

何となく言っていることはわかるので、螢は曖昧に同意を示した。

「よし、おまえがものになるかどうか、もう少し試すか」

「はい！」

まだ自分にやれるのなら、頑張ってみたい。

衣を脱いだ式部は螢の両膝を割るように躰を滑り込ませ、にっと笑って螢を見下ろした。

「その意気だ。今度は実地だからな、耐えてみろ」

「えっ⁉」

「俺に委ねておけ」

式部の性器は隆々とし、ぎょっとするほど大きかった。

そんな式部が巨根だと言うのだから、守善はどれほどの逸物を持っているのか。

「そ、それをどうするんですか……?」

「挿れるんだ」

さらりと答えられ、螢は仰天した。

「入りません!」

「いや、それを挿れるために訓練したんだろ?」

「そうですけど」

「できないと思ってるのに、できるのが人間の躰の不思議なところだ」

正面から押しつけられた肉塊の熱さに、螢は怯んだ。触れた面積のせいで、それがどれだけ太いのか想像がつく。

「やめるか?」

怖い。

だけど、ここでの中断は、お役目を放棄するにも等しい。

「やります」

臨兵闘者皆陣裂在前。

螢はさっさっと小さく指を動かし、密かに九字を切る。

「いい覚悟だ」

螢の腿をそれぞれ摑んだ式部が、そこに魔羅を押し込み、尖端をめり込ませてくる。

痛い。

「は、あ……あっ……んううう……」

嘘……めちゃくちゃ大きくて、固い。

やっぱり無理だ。無理、絶対に。

「…ぐ…っ」

痛い。

とんでもないものが、めりめりと躰に入り込む。

張り型とは、比べものにならない。

特に、張り型との違いはごまかしようのないその温度だ。

「う…あ…ァ……」

尻に、真っ赤に焼けた灼熱の棒でもねじ込まれているみたいだ。刀傷だって、こんなに痛く、熱くはない。

「ちゃんと息をしろ。忘れてるぞ」

どこか掠れ声で言われ、螢は慌てて呼吸を繰り返す。

肺腑に空気が入ってくると、漸く、少しだけ楽になった。

「は、あ……は…ふ……ん……う、ん……だいじょぶ……」

「よし、続けるぞ」

「はい」

立てた膝のあいだから、ぬるぬると汗が滲んで零れ落ちる。

「っく…う……うぅー……」

どこまで深く、入っていくんだろう？

気が遠くなりそうだ。

喘ぎ疲れて呼吸が苦しくなった頃、尻にごつっとしたものがぶつかり、それが式部の恥骨だと気づいた。

よかった……やっと、終わった。

「動くぞ」

「え？」

端的に宣言してから、式部はなぜかゆっくりと前後に動き始めた。

「ふえ…っ……」

同意するより先に、式部が腰を引く。抜けるのかと安堵しかけたところで、激しく押し込まれる。

あまりの勢いに、互いの肉と肉が打ち合う鈍い音が生じた。

「ひっ⁉　あ、は…あん、あ……あァ…ん……」

声が、漏れる。

彼が律動するたびに、漸く式部を受け入れた肉壺（にくつぼ）が道連れになって擦られる。

何、これ……何で……どうして……⁉

先ほど責められた一点も狂おしいほどの疼きをもたらしたが、こうして動かれるのは、違った種類の愉悦を螢に与えた。

「痛いか？」

尋ねる式部はいつもよりも言葉少なで、低い声も掠れている。螢は首を横に振り、必死で布団を摑んだ。

「ん…っく…ぅう……」

「どうした」

優しい声で問われ、螢は真っ白になりそうな中でも懸命に思考を巡らせる。

怖い。

怖いのに、擦られたところから得体の知れない熱が広がっていって。

ふわっと浮き上がるように、腰の奥が軽くなる。

ああ、きっとこれは式部の熱のせいだ……。

「きもち、いい……」

「え」

式部が驚いたようにぴたりと止まった。

「いいのか？　これが？」

「ウン」

こくりと頷いた螢は、ぼうっとかすむ目で式部を見つめる。汗で湿った手で式部の腕を掴み、ねだるように引っ掻いた。

「……うごくの……い、みたい……」

止まるのは、嫌だ。

もっと、もっと、動いてほしい。

「どういう風に？」

「お腹…とんとんって…して……？」

お腹の中を掻き混ぜて、式部のぬくもりをこの躰に分けてほしい。

それがどういう衝動か、わからないけれど。

「まいったな」

式部はどことなく苦笑し、螢の額に貼りついた髪を掻き上げてくれる。

「素質はあるかもしれないな、おまえ」

「そしつ？」

「つまりは……男殺しかもってことだ」

式部はそう言うと、再び腰を動かし始めた。

素質って何だろう？

考えようとしても、すぐに思考は掻き乱される。

「アッ！　うぁ、ん……んー……ッ」

肉と肉がぶつかり合う、激しい音が室内に響く。

式部が息を弾ませて、螢の肉体の奥底を深々と穿った。

先ほどより勢いがついているせいで、腸がひっくり返りそうだ。

「んぁ、あ、っ……だめ、やっぱり……それ、あ、あ…あ、ん……ッ」

「おまえが欲しがったんだ」

動いてるのは、式部のほうだ。

ずるい。

「…こわい……へんに、なっちゃう……」

しゃくり上げるように螢は訴える。

抉られるところから、『快』がどんどん増えていく。疼くような感覚が全身に広がり、指一本動かせない。

気持ちよくて、よくて、よくて、何も考えられない。

「……だって…こんなの…ッ…やだ…や、……おやかた、さま……たすけて…！」

「煽るな」

掠れた声で言われても、何が何だかわからない。

固いものがごりごりと体内を穿つように律動し、螢はそれに翻弄されるばかりだった。

星が降るみたいだ。

目の前が真っ白になって、ちかちかして。

振り落とされないように、螢は必死で式部の背中に爪を立てる。

ひっきりなしに喘いでいるせいで、顎の周りは唾液でびしょ濡れだった。

「！」

痛かったのか式部が小さく声を上げたが、かまっていられない。

捕まっていないと、墜落してしまう。

どこから？

わからないけれど、この凄まじい愉悦の高みから。

「ひん、ん……あ、あ、あっ、いいっ」

全部、吹き飛んじゃう……。

「いいのか」

「いいい、いいいっ…イイっ……」

上り詰めた螢を見下ろした式部はやがてそれを引き抜くと、自分の手で扱(しご)いて螢の腹に精液を放った。

「…………」

大きく息をついた式部を見つめ、螢は手を離す。

暫し放心していたものの、ふっと我に返り、慌てて躰を起こした。

「あの」

「だめだ」

「えっ」

頭ごなしの否定に、螢は目を見開く。

「男殺しって言ったじゃないですか！」

言ってから喉が詰まったようで、螢はこほこほと咳をした。

「そこは成長してからで、今は、それ以前の問題だ。おまえは感じやすすぎる」

論評する式部には、先ほどまでの熱っぽさはまるで残っていない様子だった。

「それこそ、快感に負けっぱなしだったじゃないか」

的確な指摘に、螢は言葉に詰まりながらも必死で反論の糸口を探す。

「う……それは初めてだったからです」

「道具で練習していたんだろう？」

「だって……す、すごく……気持ちよくて……」

あんなに凄まじい愉楽を与えられたら、正気でなんていられない。

「殿を誑し込むより先に、おまえが愉しんでどうする？　殿はひととおりの遊びは嗜んで、だいぶ枯れたからこそ歌なんぞに嵌まってるんだ。今みたいなおぼこい反応じゃ、一度抱かれただけで捨てられる。しかもただ捨てられるならいいが、寝込みを襲ったなら、理由をつけて屋敷から追い出されるぞ」

正論だった。

式部はあらかじめ用意されていた手ぬぐいで自分の腹や胸に飛び散った精液を拭き取り、着物を引っかける。

「第一、おまえの言い分じゃ、殿様に何か落ち度があるかどうかもわからないんだろ？　あるかないかもわからんものを見つけるために躰を使うのは、あまりに危うい」

「だったら、どうして先生はあのお屋敷を探っているんですか」

それを聞いた式部は、むっとしたように片眉を上げた。

「ともかく、閨房術は諦めろ。殿に近づきすぎるのは、危険なんだ。そもそもおまえは忍びなんぞに向いてない」

「そうですけど、それじゃだめなんです。私は……私は、お館様の力になりたい……」

鼻の奥がつんと痛くなる。

どうしよう、泣きそうだ。

絶対に泣いたりしないって誓ったのに。

唇を噛むと、喉の奥がひゅんと変な感じで鳴ってしまう。

「こんなところで泣くのは反則だぞ」

「だ…だって……」

涙腺が決壊しそうだ。

「——ああ、もう……わかったよ。何とかしてやる」

螢の肩を軽く抱いた式部は、根負けしたように息を吐き出す。

「本当に？」

潤んだ目で式部を見上げると、彼ははっきりと頷いた。

「男に二言はない。だが、条件がある」

「条件って？」

「どうしてもっていうなら、俺を手玉に取ってみろ。話はそれからだ」

「何をすればいいんですか」

我ながら、質問ばかりだ。でも、式部の主張がよくわからないのだから、仕方がないだろう。

「俺と寝ても、さっきみたいに夢中にならないこと。おまえの知る技を使って、とにかく俺を溺れさせるんだ」

そんな条件は馬鹿げていると思ったが、自分よりも年上で経験も積んでいるはずの式部に言われるとぐうの音も出ない。

「俺の言いなりになるのが不服なのか？　けど、今のところ俺のほうがおまえより上手く忍び込んでるだろ？　現に、後をつけても殿に疑われたりしない」

「う」

反論の余地のない指摘だった。

「悔しければ、おまえもその身以外の武器を身につけてみろ」

「先生の武器って？」

「たとえばこの器量だな」

「え」

螢がぽかんとしたので、式部は噴き出した。

「そこは同意しておけよ。おまえから見ても、いい男だろ？」

「そうですけど……」

「あとは腕っ節と、それから、才だな」

腕っ節にはそこそこの自信があるが、所詮、螢の技は暗殺技術で、そのうえ実戦経験もない。

そんなものを守善に披露しても、認めてもらえるとは思い難かった。それ以前に、暗殺術を覚えている奉公人なんて、物騒すぎて疑われるのは明白だ。

残る一つは。

「あの……」

「ん？」

「私にも何か学になることを教えてください。俳諧とか歌とか……」

ふむ、と式部は腕を組んで螢をじいっと見つめる。

「確かにおまえは、もののあわれを知ってるようだ」

「もののあわれ？」

「ものを見たり聞いたりしたときの、しみじみとした思いだ。おまえの言う、胸がぎゅっとするってやつだよ」

「ああ……」

あれは彼にとって、大事な意味があったらしい。

「だが、それだけじゃまだ足りないな。寺子屋には行ってたか？」

「手習いくらいは」

「じゃあ、まずは読み書きのおさらいからだな。頃合いを見て、少しずつ教えてやる」

「はい！」

どうしてこういう成り行きになったかは我ながら不明だが、潜入捜査を成功させるためには何でもしたい。

とりあえず自分にもできることがありそうで、螢はほっと安堵を覚えた。

「腹減っただろ。何か食っていくか」

「いいけど、先生はお金を持ってるんですか?」

「ええ?」

式部は眉を顰め、見るからに情けない顔になった。

「このあいだお汁粉を奢ってもらったでしょう?」

「そりゃ金持ちってわけじゃないけど、汁粉を十杯は奢れるくらいの小金は持ち合わせてるよ」

「ふうん……」

「何だ、もしかして信じてないな?」

おかしげに笑った式部はぐしゃぐしゃと螢の髪を撫でる。

その手の動きも、力強さも、昨日までとまったく変わらない。

飾り気のない式部の心根を示しているようで、何だか、とても嬉しくなる。

彼のあたたかい手は、好きだ。

これが自分にとっての『快』なのかもしれない。

螢はそう考えると、しみじみとした気持ちになって目を伏せる。膚(はだ)を重ねるよりも撫でられるほうが心地いいなんて、子供っぽくて恥ずかしかった。

六

自分の武器を増やす。

そのために螢(ほたる)は、式部(しきぶ)に読み書きを習おうと思い立った。

とはいえ、奉公人としての務めは朝から晩までひっきりなしに何かがある。式部から何かを教わるには、ほんのわずかな時間を見つけるほかなかった。

手習いの本など持ち合わせていないので、貸本屋の喜助(きすけ)に借りた『太平記(たいへいき)』を選んだ。

「先生」

素振りをしていた式部を呼び止めると、彼は落ち着いた面持ちで振り返った。

「何を読むか決めたのかい?」

「決めたっていうか、前から借りてたんだけど」

螢が懐に入れてあった絵草紙を差し出すと、式部が覗き込む。

「ああ、『太平記』か」

「はい」

自分に軍記物を読めるだろうかと当初は訝ったが、漢字にはそれぞれちゃんとふりがなが振ってあった。とはいえ、それでも意味がわからない箇所がいくつもあるので、式部と一緒に読みたいと思ったのだ。

「それなら、読みやすくて面白いだろう」

意外な反応に、螢は目を瞠った。

「先生も読んだんですか？」

「子供の時分にひととおりな」

「すごいですね」

『太平記』は長い書物で、いくら平易に書かれているといっても、すぐに読了できるものではない。以前、彼は歌才があると話していたけれど、確かに、教養は人並み以上に備わっているのかもしれなかった。

「全部で三十冊くらいだって……」

「三十どころか、四十だ」

「四十も⁉　それじゃ一生かかっても終わらない……」

螢が辟易して声を上げたところで、式部はおかしげに笑った。

自分でもいい男だと言っていたが、そのとおり、式部は二枚目だ。浪人に甘んじるくらいなら役者にでもなればよかったのに、彼もやはり、武士でいたいのだろうか。

「おまえ、貸本屋に金蔓だと思われたんじゃないか？」

四十冊も借りるのであれば、上客扱いだろう。貸本屋では新刊は二十四文、既刊は八文と安いが、四十冊になればかなりの金額だ。

「少し前まで、『太平記』は忘れられていたんだ」

「どうして？」

「昔に実際にあったこととはいえ、古い物語だからな」

それでこんな物語が埋もれてしまうものだろうか。

手近な庭石に体重を預け、式部は続けた。

「そんな『太平記』を再発見したのは、水戸の徳川光圀公だ。わざわざ楠公の墓がある湊川に石碑を作らせたほどなんだ」

水戸は江戸よりももっと北で、御三家の一つ水戸徳川家が治めている。

「うん、楠公ってのは楠木正成公だ。そこに、『嗚呼忠臣楠子之墓』とご自身の揮毫で彫らせたんだよ」

「なんしって？」

「それも楠公を指してるんだ。楠っていうのは『なん』って読むからな」

「ふうん……」

式部はやはり、浪人にしては物知りだ。いや、浪人だからこそ——なんだろうか？

暇すぎていろいろな本を読みふけっているとか？

「おっと、仕事中なのに話しすぎたな。すまん」

悪戯（いたずら）っぽく笑った彼が一歩退いたので、「勉強になりました」と礼を述べる。

「じゃあ……」

そのときだ。

「式部ではないか」

朗々とした声が屋敷のほうから聞こえ、螢は反射的にその場に膝を突いた。

口ぶりから、相手が身分の高いのはすぐにわかった。

誰であろうと、武士ならば顔を上げてはまずい。

「殿様、斯様なところへなにゆえに……」

式部が口籠もった。

目の前に、守善（しゅぜん）がいるのか。

顔を見たいと気持ちは逸（はや）ったが、さすがにそれはどうかと堪（こら）える。

「探させたぞ。いくつかよい句を思いついたので、そなたに披露したくてな」

守善は機嫌がいいらしく、声音は明るく穏やかだ。

「だが、小者と何の話をしていた？」

「恐れながら」

戸惑ったように、式部は一度言葉を切る。

自分が一言口を出すべきだろうか？

今こそが守善の知遇を得る好機と認識し、俯きながらも螢はばくばくと心臓を震わせていた。

しかし、話の切り出し方によっては、不敬だと追い出されかねない。

「螢といい、畿内からやって来た小者です。以前、たまたま山王様のところで行き合い、ここまで案内した縁で気安く話しております」

「気安く？　その書は？」

「こちら、螢が借りた草紙です」

恭しく式部がそれを差し出すと、守善は冊子を手に取って頷いた。

「ふむ、『太平記』か」

ぱらりと捲ってから、すぐに式部に返す。

「ええ。いずれ俳句や歌を学びたいそうで、今は仕事の邪魔にならぬ程度に読み書きを教えています」

「ほほう、じつに風雅ではないか。感心な心がけだな。顔を上げよ」

おそるおそる螢がその言葉に従うと、守善と目が合った。

脂肪が顔の周りについた太った男で、見るからに重そうだ。倹約令が出ているご時世で衣は地味な小袖に袴だったが、陽射しにきらきらと刺繍が映え、上等なものなのはわかった。

「なかなか可愛い顔をしているではないか。螢だったな？　覚えておくぞ」

守善の口ぶりはさも機嫌がよさそうで、目通り自体はそう悪い結果ではなかったようだと胸を撫で下ろした。

「有り難き幸せです！」

螢は声を震わせ、それこそ地面に額を擦りつけんばかりの勢いで上体を倒したのだった。

守善が去っていく気配を感じ取り、そろそろと螢は躰を起こす。

「はあ……」

よかった。

これで一歩前に進めそうだと、大きく息を吐き出す。

ぴょこんと立ち上がってから、何か言いたげな面持ちで自身の顎を撫でる式部に深々とお辞儀をした。

「ありがとうございます、紹介してくれて！」

「そんなつもりはねえよ」

吐き捨てるような口調に、螢はきょとんとして首を傾げた。

「――まあ、いい。浮かれてないできちんと自分の仕事に戻りな」

「はい！」

ここで失敗するわけにはいかないと、螢は俄に真剣な面持ちになって掃き掃除を再開したのだった。

下男部屋の片隅では、男たちが集まって賭けカルタに興じている。螢はそれに混じらず、『太平記』を読んでいた。

部屋の板戸ががらりと開き、用人の加藤（かとう）が顔を見せた。

「これ、螢」

「はい」

慌てて布団から抜け出して加藤の元に走り寄ると、彼がしげしげと螢を眺め回した。

「殿がこれから酌をするようにと仰せだ。身支度をして、すぐ参れ」

「……はい！」

もしかして、これって夜伽せよとのことではないだろうか⁉

どきどきしてきて、螢は頬を紅潮させる。

こんなに早く、好機が巡ってくるとは思ってもみなかった。やっぱりあのとき、式部に浅草（あさくさ）の観音様に連れていってもらったのがよかったに違いない。

「少し綺麗にしていくように」

「かしこまりました」

期待に胸が膨らみ、螢は手ぬぐいを持って外に出ると、水を使って手脚を丁寧に拭く。

屋敷は殿が住む表向と、家臣たちが仕事をする奥向に分かれている。台所も二つあり、殿様の料理を用意するのは表向の台所だ。

——あれ？

御殿の台所はもっと華やかでにぎわっているだろうという予想と裏腹に、じいとそう大差ない年齢の老女中が忙しそうに一人きりで台所を切り盛りしていた。

「ああ、来たね。それを持っていっておくれ」

「はい」

彼女は螢を一瞥しただけで、顎で酒器を示した。

既に準備が済んでいた酒器と徳利を受け取ると、そろそろと廊下を歩きだした。

さすがに場所がわからないと思ったのか、加藤は部屋まで案内してくれた。

「ここだぞ」

「かしこまりました」

加藤に耳打ちされたので、襖の前に膝を突いて螢は声をかけた。

「——お申しつけのお酒をお持ちしました」

「入るがよい」

言われたとおりにそろりそろりと部屋に入ると、坪庭に面した部屋には行灯が点され、見るからにふかふかの布団が伸べられている。

俯き加減にそれらを確認した刹那、心臓がばくんと一つ脈打つ。

これから何が起きるのかは、明白だった。

「よく参ったな。酌をしてくれ」

どくどくと心臓が早鐘を打つようで、耳鳴りが酷い。緊張して、手が震えそうだ。

だめだめ、怯むな。

あんなに訓練したのだから、春成（はるなり）のためにも頑張らなくては。

「はい」

螢はそろそろと躙（にじ）り寄ると、持ってきたお盆を畳の上に置いた。

恭しく杯（さかずき）を差し出すと守善がそれを受け取ったので、螢は徳利を手に酒を注ぐ。

かちゃかちゃと徳利が揺らぎ、耳障りな音を立てた。それが守善の不興を買うのではないかと不安を覚えたものの、彼は何も言わない。

「顔を上げよ。取って食ったりはせぬ」

ふわりと酒の匂いがあたりに漂い、それだけで酔ってしまいそうだ。

「申し訳ありません……」

螢の震え声を聞いて、守善はおかしげに腹を揺すって笑った。

守善は小袖姿で、袴は身につけていない。もうすぐ寝るのだろう、くだけた服装だった。

「では、一献」

螢は手を揃えて膝の前に突き、頭を下げたまま守善が酒を飲み干すのを待った。

「うむ、酌がよいと旨さもひとしおだ。もう一杯」

「はい」

恐縮しながらも、螢は守善の杯になみなみともう一度酒を注ぐ。

「そなたも飲むか？」

「私は、酒は飲んだことがなく……」

「ほう、珍しいな。酔ったところが見たくなった」

強引に杯を押しつけられ、螢は困惑に視線を彷徨わせた。

どうしよう。

ここで飲んだら礼儀に反しないのだろうか？　それとも、飲まないほうがまずいのだろうか……。

混乱しつつも、守善を怒らせないように注意しながら、螢はぐいっと杯の中身を干した。

途端に、喉をかあっと熱いものが走り抜けていった。

「おお、よい飲みっぷりだ」

「嬉しゅうございます……」

一拍置いて、躰がかっと火照るように熱くなってきた。

別段、変なものは入っていないはずだ。

なのに、躰が芯から熱を帯びている。

「そなた、酒は弱いようだな」

「え？」

失礼にも聞き返してしまうが、守善は上機嫌な様子で「よいよい」と受け流した。

「だが、眠ってはならぬぞ。これから伽をしてもらわねばならぬからな」

どさりと褥に押し倒され、守善の顔が間近に迫る。

酒臭い……。

それよりもすごく重い。腕を摑まれ頭上で縫い止められ、螢は守善を凝視する。

こういうとき、どうすればいいのだろう。

——お殿様、魔羅をずぶりと挿れてください……とか？

何を言うかまでは、お館様は教えてくれなかったのだ。

いや、その前に手順を思い出さなくては。

ええと、蜜洄らしの術を使えばいいんだっけ。

基本的には尻をぎゅっと締めつけて、男の精を搾る。無論、ただぎゅうぎゅうと食い締めるだけではいけなくて、緩急をつけるのが肝要だ。

訓練のできごとを反芻しているうちにがばりと小袖の裾を捲られて、螢はどきどきしながら目を閉じた。守善の脂肪がたっぷりついた顔を見ていると、何だか気分が萎えそうな気がしたからだ。

せめて、これが式部ならよかったのに。

「守善様」

聞き覚えのある声が、向こうから響いた。

――まさか。

守善は黙っていたが、もう一度、「守善様」という声が聞こえる。

「……その声、籬か？」

式部……⁉

どうして、こんなところに。

よもや、混ざりに来たとか⁉

「はい。たまたま旨い酒が入りましたので、持ってまいりました」

「わしは……」

「今宵の月は格別。先日の一首も、月を主題にしておりました。ここで月を題材に歌を詠むのは如何でしょう」

ちっと守善は舌打ちしたが、式部が畳みかける。

「じつは、灘の酒でして」

「ほう、灘か。それは重畳」

そこで守善の目が光った。

「すぐに支度させよう。隣の部屋で待て」

「は」

式部が隣の間の襖を開ける気配がし、躰を離した守善はどかりとそこに座った。

「気が削がれた。下がれ」

いかにも退屈そうな口ぶりに、螢は目を見開いた。

それって、どういう……？

「あ、あの」

「今宵はもうよい。籬の分の肴と杯を用意してまいれ」

「ええっ…」

ここから伽が始まり、螢は自分の技術で守善をめろめろにするのではなかったのか。

教師をしてくれたくらいだから悪気はないのだろうが、それをよりによって式部自身が邪魔をするとは。

呆然としている螢を見やり、守善は口を開いた。

なくなってしまうかもしれない。

「ほら、早(はよ)う」

今は、彼の機嫌を損ねないように心がけなくては。そうでなくては、次の機会までなくなってしまうかもしれない。

「は、はい!」

螢は慌てて立ち上がると、裾を整えて走りだした。

式部にそのつもりはなかったとしても、計算違いも甚だしい。

突然のことに、まだ覚悟がなかったといえばなかったけれど……。

また自分は、春成の役に立てなかったのだ。

悔しくてたまらないまま、螢は苛々としつつも台所に向かった。

「何を怒ってるんだ?」

船宿で待ち合わせた式部は、螢の顔を見て不思議そうに首を傾げる。

「わからないのですか?」

「わからん。ほら、この団子は旨いぞ」

昼間は用事があった式部は、道中で団子を買ってくれたとかで、団子の紙包みを差し出される。

「固くなる前に食ってみろ」

「ん……」

みたらし団子を一つ囓ってみると、確かにやわらかくてふわふわして美味しい。

「美味しい！」

声を上げる螢を見やり、「だろ？」と相槌を打った式部は目を細めた。

「全部やるよ」

「ご馳走になります！」

甘くてしょっぱいみたらし団子を一人で全部食べ終え、串を紙包みの上に載せる。

「江戸は海が近いですねえ……」

螢がぼんやりとそう呟くと、式部は「そうだな」と笑った。

「いくら東海道から来たとはいえ、やっぱりおまえには珍しいだろ？」

「うん」

ざあんざあんと波音が聞こえて、それが眠気を誘う。お腹はいっぱいで手すりに凭れると目を閉じそうになり、螢は慌てて振り返った。

「ではなくて！」

「ん？」

「先生はどうして私の邪魔ばかりするんですか!?」

「邪魔？　どういう意味だ？」

「だから……」

目を吊り上げかけた螢はそこではっと言葉を止め、式部を凝視する。

もしかしたら、わざとではない――のだろうか。

守善に呼ばれた夜に限って、酒を持った式部が守善の部屋を訪れたり、かといって守善の部屋に行けば既に式部がいて二人で歌を詠み合っていたり。そんなこんなで、未だに螢の色仕掛け作戦は実行されぬままだった。

ゆえに式部に妨害されているのではないかと疑っていたのだが、そこに何の計算もないのなら、確かめずに怒るのも不公平だ。

「ごめんなさい」

「ん？」

「先生を疑ってしまいました。わざと邪魔しているわけがないですよね」

しゅんと肩を落とす螢を見つめ、式部は小さく唸った。

「おまえは素直でいい子だな」

「え？」

螢が思わず聞き返すと、式部は螢の頭をぽんぽんと叩いた。

「それ、やめてください」

「どうせ髪などすぐにぐちゃぐちゃになるだろう？」

「う」

「まあ、邪魔したのはなりゆきだが、ちょうどよかった。今のおまえでは、あの守善様には太刀打ちできまい」

「またその話ですか」

ふう、と螢はため息をついて膝を抱えた。

「まだ修行中の身の上なんだ。もし何か身の危険を感じたら、屋敷の外に出るんだぞ」

「外？」

「こないだも言ったろ、江戸屋敷は大名の領地と同じだって」

「はい」

螢は頷く。

「だけど、敷地の外ならば、一応は領地じゃないってことになるからな。殿に何かされても、外まで逃げられれば何とかなるかもしれん」

「屁理屈(へりくつ)っぽい……それに、御殿から外に出るのって結構大変ですよね」

邸宅の見取り図を考えながら、螢はそう呟く。

「そうは言うなよ」

式部はにやっと笑った。

「まあ、その代わりに捕まって牢屋に入れられるかもしれないけどな。おまえみたいな弱っちいのは、そこでさんざん牢名主にいびられるだろうなあ」

「牢名主って？」

「牢屋の親分だ。言うことを聞かないと虐められるぞ」

からかうような口ぶりに、螢は顔をしかめる。

「やだなあ……やけに詳しいけど、牢に入ったことがあるんですか？」

「まさか。知り合いがぶち込まれてるんだよ」

いったいどれだけ荒んだ生活を送っていたのかと、螢は訝った。

「もちろん、太刀打ちできないのはそっちだけじゃない。あっちもだ」

あっちとは、閨房術に関してで間違いないだろう。

「そ、そんなに……すごいのですか……？」

あれだけ螢を惑わせた式部が言うのであれば、空恐ろしいものさえ感じてしまう。

「じつは、奥女中が近頃ばたばたと辞めてしまってな」

「奥女中が？」

螢は目を瞠った。

「そうだ、無論、殿様が手を出したせいだ」

「……………」

「それで目先が変わってちょうどいいと、おまえを呼んだんだろう。江戸じゃ女のほうが数が少ないし、新しい奥女中を探すのも一苦労だ」

だから、台所も御殿も人気がなかったのか。

「わかったか？　あの方こそまさに性豪だ。なまなかな技では満足させられぬ」

「はい。ゆえに、たゆまぬ修練が必要なのですね？」

「そういうことだ。このあいだはおまえの技を見せてもらえなかったからな。何とか貝だったか……あれをやってみろ」

「お任せを」

螢は頷くとするすると着物を脱ぎ捨て、乱れ箱にまとめて放り込む。

そして手すりに寄りかかり、がばりと大きく足を広げた。

こうして窓に頭を近づけると、外の波音が聞こえてくる。

「では、挿れてください」

「………」

そこで式部はどこか呆れたような面持ちになる。

「――何かまずかったでしょうか？」

螢は眉を顰め、式部の表情を窺う。

「風情がない」

「風情？」

「吉原の太夫たちに皆が入れ揚げるのは、特別感があるからだ」

想定外の指摘に、螢は上体を起こして正座で拝聴する。

吉原の太夫と比べられても困るが、式部が重大なことを教えようとしているのは理解できた。

「いきなり足をがばっと広げて、さあ挿れてくださいでは、据え膳も何もあったものではない。屋台の二八蕎麦みたいなもんだ。二口三口で食い散らかされてしまいだ」

「私の技を味わえば、夢中になるはずです」

「その前が大事なんだ」

行為の前、というのは考えたこともなかった。

「いいか。大切なのは雰囲気だ。こいつと寝れば極上の快感を得られる――そんな兆しだ。そういう期待がなければ、夜鷹と同じで買いたたかれる。男でも女でも、安売りするな、相手におまえが欲しいと思わせるんだ」

どうやって？

螢は目を閉じて思案したが、答えは出なかった、

「わかりません……」

「なら、それがわかるようになったらおまえは卒業だ」

「それまでは?」

「俺で練習するんだな。おまえに殿の夜伽なんて、百年早い」

「………」

むうっと螢は唇を噛んだものの、たぶん、彼の主張は正しいのだ。

「でしたら、教えてください……」

螢がそう告げて上目遣いに式部を見やると、彼は「うん」と笑った。

「今のはよかった」

「本当に?」

「ああ。ぞくっとした。とても可愛かった」

褒められた螢は、嬉しくなって口許を緩める。式部は身を屈めると、螢の額に軽く唇を触れさせた。

「!」

それだけで、全身の血が沸騰するような感覚に襲われて、螢は慌ててそこを両手で押さえる。

「ん? 痛かったか?」

「そうじゃ、なくて」

胸が苦しくなっただけだ。

くちづけられたのは額なのに、どうして、こんなに心が痛くなるのだろう。

「では、抱くぞ」

「あ、待ってください」

螢が二本の指をさっさっと動かして九字を切ると、再び式部ががっくりする。

「何だ、今のは……」

「九字です。知りませんか?」

「知ってるが、それもだめだ。戦に赴く武士みたいじゃないか」

「はい」

緊張を抑える一番のおまじないだが、台無しだと言われるなら仕方がない。

「気が削がれかけたが、行くぞ」

「どうぞ」

どきどきしながら、螢は式部の体重を受け止める。式部は守善よりも体格がいいのに、あんなに重くはない。

「こら、何を惚けている?」

式部に鼻を摘まれ、螢は慌てて首を横に振った。

「ううん……」

——あ。

螢に重みがかからないように、加減してくれているんだ。

要するに、慣れているって話だ。

だとしたら、これまで式部はいったい何人の男女を抱いてきたのだろう？

そう考えると、今度は胸がむかむかしてくる。

自分だけならいいのに。

昔のこととか、先のこととか関係ない。

今、この瞬間は。

今日か明日くらいの刹那のあいだでも、螢だけならいい。

自分の中に誰かと張り合いたいという気持ちがあるのを知り、螢は驚きに動けなくなった。

「どうした？　腹でも痛いのか？」

「ううん……」

こんなのは、おかしい。

真っ赤になって声もなく狼狽える螢を前に不思議そうにしながらも、式部は特に追及しなかった。

七

「螢(ほたる)、それくらいでいいぞ」

「はい」

珍しく仕事が早く終わり、螢は息をつく。

夕食までまだまだ時間があるし、式部(しきぶ)が暇ならば手習いの時間に充てたい。

つらつらと考えていると、鶴松(つるまつ)に「出かけようか」といきなり声をかけられる。

「どこへ？」

そんな話は聞いていなかったので、螢は自分が何かを聞き逃していたのではないかと慌ててしまう。

「風呂だ。こっちに来て、まだ湯屋に行ってないだろ」

「いいんですか⁉」

「おまえもたまには贅沢(ぜいたく)しないとな」

湯屋は初めてだが、面白いところだと小耳に挟んでいたのでうきうきしてくる。

普段は躰を行水で洗うくらいだし、これでまた春成への土産話が増える。

「嬉しいです！」

江戸の人々は風呂好きで、湯屋はあちこちの町に一軒はある庶民や武士の社交場だそうだ。この近辺も立派な武家屋敷ばかりが建ち並ぶとはいえ、そぞろ歩けば風呂や店に行き当たる。ただ、しきたりも知らないのに一人で入る勇気はなかった。

奉公人が湯屋に行けるのも、八木山家の型破りな点だろう。それだけ給金が安いのは、螢も身に染みて実感していた。

「折角の湯屋なのに、混浴が禁止されちまって残念だなぁ」

「混浴⁉　い、いいえ、禁止のほうが有り難いです」

「子供だなぁ」

鶴松が噴き出した。

「今日は螢も一緒か」

「初めてです。よろしくお願いします！」

手の空いた小者が集まり、最終的に四人で出発した。

武家屋敷の並ぶ界隈を過ぎると、今度はにぎやかな場所に出てくる。このあたりは普通の長屋も多いのだとか。

「ここだ」

のれんをくぐると番台には中年の男性が座っており、彼に一人あたり八文を払う。ほかの客は、必要に応じて躰を洗うためのぬか袋も買っていた。

「自分の衣を間違えないようにな」

「はい」

そういう問題はまま起きるらしく、厳しく注意される。

服をするすると脱いでいると、湯殿からやって来た男と目が合った。

「おう、みんなで風呂か」

裸で気安く声をかけてきたのは、式部だった。腰に一枚手ぬぐいを巻いただけの姿だと、鍛え上げた肉体が露（あらわ）になっている。

「おや、籬（まがき）さんもこちらにいらしたんですね」

鶴松が答えると、式部は大きく頷いた。

「たまの楽しみだからな」

式部は朗らかな調子で言い、手ぬぐいで雑に躰を拭う。その見事な筋肉のもたらす造形美に思わず見惚れかけたが、鶴松に「おい」とどつかれた。

「さっさと入ってさっさと帰るぞ」

「はいっ」

慌てて螢は衣を脱ぐと、早足で湯殿に向かう。湯殿はむわりとした熱気が立ち込めていた。

江戸っ子は熱い湯が好きで、躰を洗ったらささっと浸かってすぐに上がってしまうらしい。

実際、彼らはぬか袋でごしごしと躰を洗い、軽石で足の裏を擦ると、そそくさと湯に浸かるだけだ。

「うあっ」

見よう見まねで湯船につま先だけ入れてみると、あまりの熱さに小さな悲鳴が漏れた。

「螢、そこは肩までどぼんと入っちまいなよ」

「はい……」

螢は思い切って、熱い湯船に身を沈める。

ものすごく、熱い……。

このあいだの式部の性器ほどではないけれど。

あれを体内で感じたときの熱には、何ものも敵わないのかもしれない。

——何、考えてるんだ……。

たまたま式部に出くわしたからって、彼の熱を思い出すなんてどうかしている。そのせいでますます躰が火照ってくるのも、とてもおかしい。

自分はどうしてしまったんだろう？

「それにしても、見たか?」

「ああ……見た」

湯船に浸かった鶴松たちが何ごとかを話し合っているので、螢は首を傾げた。

「何のことですか?」

「籬さんの背中だよ」

ぼそっと鶴松に言われて、螢は眉を顰めた。

意味が、わからない。式部の背中は鍛え上げられて綺麗な筋肉が張り詰めているが、それのことだろうか?

「背中って?」

「気づかなかったのかい? あちこち、すごい引っ掻き傷だったじゃないか」

螢は目を見開いた。

「どういう女を抱いたらあんなになるんだろうなあ」

「手加減できない、おぼこい女じゃないのかい」

彼らの言葉に、思い当たることがあった螢は声もなく真っ赤になった。

「お盛んだねぇ」

——自分だ。

あの人の背中に、思いっきり痕をつけてしまったのは。

後先を考えず、必死で背中に爪を立ててしまった……。

「あんな痕をつける女がいるんじゃ、ほかの女は抱けないよなあ」

「本命がいるってことか。お熱いねえ」

やっぱり、螢だけ……なんだろうか。

熱い。

躰も、心も、熱い。

式部に触れられたときのことを思い出すと、喉のあたりがぎゅっと痛くなる。苦しくなる。

「おい、螢！　おまえ真っ赤じゃないか」

遠くで、誰かが呼んでいる気がする。

「ふええ……」

「のぼせてやがる、出ろ」

鶴松たちが両脇を抱え、螢を湯殿から引っ張りだしてくれた。

動けない。

手も足も、鉛みたいに重くなってしまっている。

「…………」

すっかりのぼせてしまった螢を床に寝かせると、鶴松が手ぬぐいで扇いでくれる。

「悪いな。おまえは江戸の風呂は初めてだってのに、うっかり話し込んじまって」

「……いえ」

それくらいは大した問題ではないから、かまわない。

式部について考えるだけで躰が火照ってしまうから、だから、のぼせているのに気づかなかっただけだ。

「少し休んでから帰ろうぜ」

「平気、なんで……先に戻っててください」

「おまえは道がわからないだろ」

鶴松は人懐っこく笑った。

「お、どうしたんだ」

ちょうど二階から下りてきた式部に問われ、鶴松は「のぼせちまって」と答えた。

風呂の二階は座敷になっていて、みんなで囲碁を打ったり将棋を指したり、噂話に興じたりと楽しむらしい。ここに上がるのには、更に八文かかるそうだ。

「だったら、俺がおぶっていってやるよ」

「ええ⁉」

「さすがにそれは……」

鶴松たちは言い淀むが、彼らでは螢を背負うのは大変だろう。

「かといって、混んできたのにここに寝かせてるわけにもいかないだろ」

言われてみれば、来たときよりも客が増えていて、邪魔だと言いたげな視線が四人に浴びせられている。

「じゃ、帰るぜ」

「すいません」

鶴松が申し訳なさそうに謝り、螢に衣を適当に着せかけてくれた。式部は「よっ」と声を出し、螢をこともなげにおぶった。

「先生」

耳許(みみもと)で呟いたのを聞いて、式部が低く笑った。

「まったく、世話の焼ける」

「ごめんなさい」

「怒ってるわけじゃない。おまえの世話を焼くのが、俺には楽しいんだ」

「そういう、もの？」

言葉に詰まりつつ尋ねると、式部が頷いた。

「おまえは、俺をそういう気持ちにさせるんだよ」

おかしげに言った式部の言葉の意味が、わからない。

わからないけれど。

湯上がりの火照った躰と躰を押しつけ合って、ただあたたかいことだけが嬉しい。

式部の、少し汗っぽい匂い。それが、何だか心地よくて。

誰かに気にかけてもらったり、大事にされていると感じるのが。

誰かの——ではない。

ほかでもない、式部の優しさが染みる。

爪痕は痛くなかっただろうか。

そう聞きたかったけれど、それは自分だけの秘密にしておきたくて。

このままずっと、お屋敷までの帰り道が終わらなければいいのにとさえ思ったのだった。


庭の掃除をしていたところで中間の新左衛門（しんざえもん）に呼ばれた螢は、お遣いを命じられて目を見開いた。

「私が、ですか？」

「ああ、日本橋（にほんばし）までは行けるだろ？」

「何とか……」

先だって浅草（あさくさ）まで行ったので、その途中の日本橋までの道のりは覚えている。

「なら、そこから先は簡単だ。頼んだよ」

「はい」

新左衛門に言われた螢は、緊張した顔つきで頷いた。

それからお遣いを頼まれたと鶴松のもとに報告に向かうと、近くにいた下男たちが羨ましげな顔になった。

「何で螢なんだい？　俺たちのほうが道を知ってるのに」

「螢はおまえと違って油を売らないからだろ。さすがはよく見てるねえ」

さらりと鶴松に褒められて、螢は少しばかりの誇らしさを抱いた。

「行ってまいります」

裏口から出た螢は、意気揚々と歩きだした。

遅くなると新左衛門や鶴松の信頼を損ねてしまうので、ここは急ぐべきだろう。

買い物はいくつかあるが、そのうちの一つが『麻疹（はしか）絵』だ。幸いこの江戸屋敷では何も起きていないが、近頃麻疹が流行っているので、予防法など書いた麻疹絵が欲しいそうだ。新左衛門だって日本橋に出かけたいのではないかと思ったが、遊べるわけでもないのに半日がかりで往復するのはつまらないと判断したのかもしれない。

目的地である日本橋の通油町（とおりあぶらちょう）には本屋や浮世絵屋が建ち並び、そこならいい麻疹絵を買えるという。

自分に選べるのか心配だったが、ともあれ、行ってみるに越したことはなかった。

往復で一時ほどだから、朝から出かけても正午頃には戻れるだろう。

一日は日の出から日の入りまでを昼、日の入りから日の出までが夜にあたる。そして、昼と夜のそれぞれを六等分したものが時間の単位になっていた。

うらうらと陽射しが明るく、歩いているだけで軽く汗ばんでくるくらいだ。飛脚が軽快に走り抜ける様を見ていると、彼なら鹿嶺の里までどれくらいの速さで帰れるのだろうなどと考えてしまう。

ここに来て、二月ほど。

さすがに江戸での暮らしにもかなり慣れたが、八木山家の綻びを見つけ出すというのは難問だった。

そもそも、藩屋敷がこんなにも大規模で人が多いなんて想定外だった。守善と触れ合うどころか、何度も式部に邪魔されたせいで、守善は螢のごとき小者からは興味を失ってしまったらしい。すっかりお声もかからなくなってしまった。

この状況で、どうやって守善に近づこうか。

そうこう思考を巡らせているうちに、漸く日本橋の町が見えてきた。

人に聞いて目当ての本屋を探り当てた。入り口には色とりどりの紙が貼られ、どんな草紙が入荷されたかつぶさにわかるようだ。

「すみません」

「はい」

丁稚の少年が、螢を見てにこりと笑った。

「麻疹絵が欲しいんですけど」

「ちょうどいい、今日売り出しのものもありますよ」

「よく知らないので、よさそうなのをお願いします」

江戸では二十年に一度くらいの周期で麻疹が流行るらしいが、空白が長いので対処方法はあっさりと忘れ去られてしまう。麻疹の患者は運悪く命を落とす者も多く、そのたびに治療法やら予防法が書かれた麻疹絵が売れるそうだ。

似たような絵には疱瘡絵がある。疱瘡（天然痘）は麻疹よりも恐ろしい病気で、赤い線で描かれていて赤絵ともいう。持ち主は病から回復すると焼き捨ててしまうので、疱瘡絵も流行るたびに買わなくてはいけないそうだ。

幸い、螢は麻疹にも疱瘡にもかかった経験がない。鹿嶺の里でも患者は見かけなかったから、日頃から躰を鍛えるのは大事かもしれなかった。

「こちらです」

「どうも」

頼まれていたとおりに麻疹絵を何枚か買い求め、螢は本屋から出た。

まだ日は高い。

思ったよりも早く用事が済んだので、何かお菓子でも買っていこうか。駄賃はないけれど、給金をもらったので少し余裕がある。

「居合抜きだって！」

「急がなきゃ」

子供たちが見世物を目当てに、ぱたぱたと傍らを駆け抜けていく。

何だか、日本橋のにぎやかさに呑まれそうだ。ふらふらとあてどなく歩いていた螢は、向こうからやって来る浪人の背格好に見覚えがあるのに気づいた。

反射的に、螢は手近に並べられていた唐傘（からかさ）の蔭（かげ）に隠れる。身を潜めてしまってから、どうしてそんな真似をしたのかと首を傾げ、叩き込まれた忍びの習性に苦笑した。

見間違えるわけがない。相手は式部だった。

腕組みをしてそぞろ歩く式部は左右に視線を走らせ、身のこなしに隙がない。いつものふわふわした捕らえどころのない様子とは、まったく違う。

このあいだ、おぶって帰ってもらったお礼を言っていなかった。

それから、あんなに目立つ激しい爪痕を残してしまったお詫（わ）びも。

ここで行き合ったのも何かの縁だし声をかけたかったが、式部の纏（まと）う滅多にない真面目な空気に何となく気圧（けお）されてしまい、動けなかった。

ぴりぴりとした緊張感は、一介の浪人とは思えない。

どうも気になる。

いつしか螢は歩きだし、式部の後をつけていた。

いくら忍びに向いていないと式部にからかわれるとはいえ、尾行術は一人前のはずだ。

式部は所在なげにぶらついているように見えて、誰にも衝突せずに進んでいく。

まるで金魚だ。

前方からやって来た裃(かみしも)姿の立派な侍が式部にぶつかったが、式部の顔を見るなり、慌てたように深々とお辞儀をする。

「いいって、気にするな」

式部が気に留めぬ様子で返す声が、風に乗って伝わってきた。

あんな侍が、浪人の式部に謝るなんて。

訝しみつつ螢がぼんやり眺めていると、三味線を抱えた女性の白い手が、すれ違いざまに式部の手に触れた。

ごくさりげない動作だったが、訓練された螢の目は式部の動きを見逃さなかった。

何かを渡したんだ。

文のようなもの、か……?

式部が素早く自分の手を懐に入れてしまったので、それ以上はわからなかった。

やがて彼は、一軒の家の門をくぐって建物の中に消えていく。小体(こてい)な邸宅で、おそらくは料理屋か何かだろう。看板もないのでは間違えたふりをして中に入ったりもできないし、螢の探索はそこで終わった。

式部が出てくるのを待って暫くその周辺でぶらぶらしたが、彼が戻る様子はなかった。

——仕方ない、帰ろう。

螢は櫻田門外（さくらだもんがい）の八木山邸へ急ぐ。といっても、いくら急ぎ足になっても数分で着くような距離ではないので、次第に足は重くなった。

式部はやはり、ただ者ではない。

自分で密命を帯びていると言っていたが、螢よりももっと真剣に、手広く活動しているのではないか。

螢だって遊びのつもりはないけれど、式部のほうが先を行っているように思えて焦りを覚えてしまう。

そのうえ、何ともいえない感情が、胸の奥に立ち込めていた。

振り払おうとしても、振り払おうとしても、すぐにとぐろを巻いて自分の心中に居座ってしまう。追い出したくとも、追い出せない。

「おう、螢」

ちょうど日枝（ひえ）神社の下で声をかけられ、螢は目を瞠った。

「佐吉（さきち）さん！」

一緒に鹿嶺から江戸に出てきた彼は、別の江戸屋敷で小者として働いている。

久しぶりに気を張らなくていい相手に会い、螢はほっとした。

「どこへ出かけてたんだい」

「お遣いで日本橋に。佐吉さんは？」

「今日は暇をもらって、おまえの様子を見に来たんだ。すれ違いだったんだな」

佐吉の勤める増田（ますだ）家の屋敷は京橋（きょうばし）だから、確かに行き違いだ。おかしくなった螢が笑みを浮かべると、佐吉は「調子はどうだ」と重ねて聞いた。

「元気にやってます」

「それは見ればわかるけど、何か考えごとをしていたみたいだからさ」

「帰れるかどうか心配で。大丈夫です」

「里が懐かしいか？」

八木山家に帰り着けるかとのつもりで答えたのだが、佐吉は別の問題があると受け止めたらしい。

「……少し」

懐かしくないといえば、嘘になる。春成を思い出すと、淋しくて胸が張り裂けそうだ。

けれども、自分は与えられた使命を背負っている。

そこから目を背けたりは、できなかった。

「おまえは人がいいから案じているんだ。くれぐれも、こっちの連中に気を許すんじゃないぞ」

どきりとした螢は、思わず佐吉の顔を凝視する。

「ん？　なんだ？　誰かにお務めのこと、話しちまったんじゃないだろうな」

「まさか！」

咄嗟に強く否定しすぎたせいで、かえって疑われてしまうだろうか。

螢は冷や冷やしたが、佐吉は気に留めていない様子だった。

「まあ、誰にも信じてもらえないか」

「そうだよ、馬鹿馬鹿しいもの……」

佐吉は「だな」と肩を竦めた。

「俺のほうは空振りかもしれねえ。さっさとお役目を終えたいもんだな」

「こっちもです」

「この一件、雲を摑むような話だからなァ」

それはまったくそのとおりで、螢は素直に首肯した。

一応は疑わしい家に潜入したとはいえ、何か決定的な証拠があるわけではない。噂を聞いたりしながら、手がかりを集めて相手が黒かどうか判断する。もちろん、噂では後ろ暗いところがありそうな屋敷であっても、入ってみると品行方正な場合もあるはずだ。

「最近は貸本を借りてるんだって？」

「はい。私は花札もさいころもしないから」

「そうか。わからないことがあったら、いろいろ教えてもらえよ。貸本屋はあちこち回ってて詳しいからな」

これは、何か起きたら喜助に繋ぎをつけろという意味だろう。

「今のところは平気です」

螢が手短に答えると、佐吉は目を眇めた。

「おまえのことはお館様にもよくよく頼まれてるからな。いいか、くれぐれも気をつけろよ」

念を押されて、螢は気圧されたように首を縦に振った。

そこで佐吉と別れ、螢は江戸屋敷へ足を速める。一度路地で振り返ってみたが、佐吉の姿はもうなかった。

「信じてもらえない……か」

逆に言えば、式部はなぜ自分を信じたのだろう。

いや、本当に式部は信用できるのだろうか？

「！」

どきりと、した。

ぞわっと総毛立つような、足許にぽっかりと奈落へ真っ逆さまの穴が開いたような。今まで信じていたものが突然、なくなってしまったような。

そんな錯覚に襲われてしまう。

そうだ。

式部が味方だという保証はどこにもないのだ。

もしかしたら、彼は守善の味方の可能性だってある。

言葉巧みに螢を騙して、こちらの動きを見張っているだけではないのか？

そんなわけがない。

式部に限っては、自分を欺いたりしないはずだ。

——でも。

でも、その信頼の根拠はなんだろう？

汁粉を奢ってくれたから？　弟がいると言っていたから？　綺麗な顔をしているから？

自分を庇ってくれたから？　螢を抱いて、快楽を教えてくれるから？　おぶって帰ってくれたから？

それらの式部が無数に振りまいた優しさとは裏腹の、別人のように隙のない先ほどの態度はいったい何なのか。

わからない……。

不安をごまかそうと、螢は唇を噛んだ。

きつく噛み締めすぎたせいで、血が出てしまったらしい。唇を噛み切ってしまったのだと気づいた螢がそこを舐めると、口の中に鉄の味が広がった。

八

歩くたびに、ずきりと足に鈍い痛みが走る。

「いてえ……」

お遣いに行った帰り、佐吉(さきち)に会ったせいで遅くなり、駆け足で屋敷へ帰ったのがまずかった。

裏門に飛び込んだところで、転んで足を挫(くじ)いてしまったのだ。ちょうどやって来た鶴松(つるまつ)の前だったので、怪我をする瞬間を目撃されてしまった。

鶴松は「麻疹になるならともかく」と呆れていたが、昨日からはできるだけ楽な仕事を割り振ってくれた。

こういうときは、里で作った軟膏が欲しい。

あれが一番効くのに。

そして、春成(はるなり)が「痛いの痛いの飛んでいけ」とさすってくれると、痛みは綺麗さっぱり忘れられてしまうのだ。

だめだなあ……。

わかっているのに、鹿嶺(かみね)が恋しい。春成が恋しい。

任務を受けなければ、あそこを離れなくて済んだのに。いつも優しい春成の元で可愛がってもらえて。朝、春成を起こすだけで褒められて。

だけど、それじゃだめだ。

それだけじゃ、螢(ほたる)は変わらない。いつまで経っても春成の掌の上で、猫可愛がりされているだけ。

そう考えたからこそ、江戸(えど)に来たのではないか。

一刻も早く一人前になりたかったのに、時々、あの決断を後悔しそうになる。とはいえ、一度お役目に就いた以上は、簡単には戻れないのだ。

鶴松に命じられたとおりに外に出ると、仲間の小者が待ち受けていた。

彼の足許では、小さな焚き火が燃えている。

「螢、火を見ておいておくれ」

このあいだも火事の跡地を式部と通ったが、江戸はとかく火事が起きやすい。そのため、風の強い日に焚き火なんて御法度だし、こういう穏やかな陽気であっても目を離せなかった。

「はい」

桶の水を確認しながら目をやると、枝や何やらと一緒に紙も燃やされている。

「あの」

去り際の相手に声をかけると、彼は足を止めた。

「どうした？」

「紙もいいんですか？」

「全部燃やせってご命令だ」

紙は再び使えるため、どこでも紙屑買いが歩いている。買い集めた反古を紙問屋が集め、業者が漉き返してまた紙にする。漉き返しを何度か繰り返していると質が落ちるので、もうこれ以上は難しいとなると、最後は厠で使う便所紙に変わる。

生きていればさまざまなごみが出るが、それらはきちんと再利用されるのが江戸の町の仕組みだ。

それをあえて焼却させるとは、もしかしたら、こっそり処分したい文書か何かなのだろうか。

螢は思わず、反古に手を伸ばしかける。

「何をしている」

冷ややかな声が聞こえ、螢ははっと首を竦めた。

振り返ると、そこには式部がいた。

「……べつに」

視線を向けると、炎に呑み込まれた反古は、そのまま燃え尽きていた。だが、まだ別の反古が燃え残っているので、それが気になって仕方がない。

「燃やせと命じられたんだろう？　見ていいとは言われたのか」

螢はぐっと言葉に詰まった。

「だめなことくらい、わかってます」

ついつい可愛げない口調で反論したせいか、式部もかちんと来たらしく片眉を上げた。

「だったら、全部燃えるまで見張ってろ。それがおまえの仕事だ」

頭ごなしに命令されて、妙に腹が立ってきた。

「それくらい知ってます」

「下手な真似をするな。疑われるぞ」

去り際に小声で耳打ちされたが、そもそも、それを式部に忠告される筋合いはない。

この男が、敵か味方かわからないじゃないか。

一度生まれた疑念の種は、そう簡単には消し去れない。次第に自分の中で根を張って、大きなものに育ちつつあった。

「——話があるんですけど」

「なに？」

「あとで、部屋に行ってもいいですか？」

小声で螢が聞くと、式部は無言で頷いた。

夜。

下男部屋ではいつものように花札が行われていたので、螢は鶴松に断って部屋を出ていった。彼は螢が『太平記（たいへいき）』を手本に式部から読み書きを習っていると知っていたので、特に文句は言わなかった。

「で？　話ってのは？」

式部は欠伸を嚙み殺しながら、螢の顔をじっと凝視する。

「これ以上、邪魔しないでもらえませんか？」

「……何だって？」

式部が眉を顰め、真っ向から螢を見据える。

「私の邪魔をしているんでしょう？　そのせいで、最近は、殿様に呼ばれることもなくなってしまった。でも、次こそ、私は自分だけで何とかします」

「おまえなあ」

式部はわざとらしく、大きなため息をついた。

「前から言っているとおり、おまえには向いていない。特に夜這いはだめだ。酷い目に遭わされて、捨てられるのは目に見えている」

「それでも、やってみなくてはわかりません」

「勝算の低い賭けに出てどうする？　それでおまえの親分は喜ぶとでも？」

螢はぐっと黙り込む。

「私だって、その気になればすごいんです」

「聞き分けがないな」

舌打ちした式部は不意に螢の腕を摑み、いきなり、畳の上に引き倒した。

「うっ」

腹這いにされて体重をかけられると、息ができなくなる。

おまけに、挫いた足にずきっと鈍い痛みが走った。

「大人の男が本気になったら、今までみたいな遊びじゃ済まない」

「あそび、って……」

足よりも、畳に押しつけられた胸が痛い。

今まで感じていたのとは、違う意味で。

「おまえは俺を甘く見てるんだよ」

「そんなわけは……」

「だったら、どうして忍術とやらでここから逃げ出さない？」

「！」

それは道具がないし、体格差を考えてもおそらく体術で式部に敵わないからだ。

諦めてはいけないとわかっているものの、今は、式部の手から逃れられるとは思えなかった。

「酷くしようと思えば、いくらだってできる。そうしなかったのは、おまえが……」

そこで彼は言葉を切った。

ぐっと背後から裾を捲り上げられ、相手の意図を察した螢は目を瞠る。

「どういう、意味ですか」

「引き下がるっていうなら、これ以上はしない」

低い声が頭上から落ちてきたが、こうなったら、逆に引き下がれないではないか。

「嫌です……」

誰に何と言われようと、自分は使命を果たすのだ。

舌打ちをした彼は無言のまま衣服を緩め、そこに尖端を押しつけてきた。

「！」

次の刹那、後ろからいきり立った肉棒をねじ込まれる。

たまらずに螢は悲鳴を上げた。

痛い……。

「やだ…ッ…」

反論しようとしたのに、痛みのあまり早くも息も絶え絶えになってしまう。

まだ尖端しか入っていないと思うが、解されてもいないとばかりに男根を突き立てられるのは、痛くてたまらなかった。

「へえ？　その割にほら……呑み込んでいくくせに」

「ちがう！」

そうじゃないのに。

螢が高い声を上げると、式部が舌打ちをした。

「黙ってろ。隣に聞こえるだろうが」

手ぬぐいを乱暴に口に突っ込まれて、螢は目を瞠る。

一瞬、息が詰まりそうになり、舌で退けようとすると、気づいた式部に更に押し込まれた。

「うぐ…」

苦しい。

涙で視界がぼやけたところで、ずぶずぶとより深く魔羅が体内に侵入してくる。

躰の内側が、自分のものでなくなっていくようだ。

浅い呼吸を繰り返し、螢は畳を指先で引っ掻いた。

痛い。苦しい。

もう、この行為には慣れたはずだった。逞しい肉竿で内側をこじ開けられるのも、秘肉の奥底まで暴かれるのも。

だが、今日のこの感覚は強烈だった。

尻に力を込めて式部を拒もうとしたが、彼はまるで意に介さなかった。

「嫌なのか?」

「う、う……」

こくこくと頷いたが、式部はなおも強引に腰を進めていく。最奥まで侵入を果たそうと試みているのだろう。

「こんなにすぐに挿れさせるくせに? 快感に負けてばかりだろ」

「…うー……っ」

鋭い言葉で嬲られ、目尻に涙が浮かぶ。

ふざけるなと言ってやりたい。

なのに。

「んぐ……っ」

とうとう、肉棒が最奥まで螢の孔を貫いた。

もう、嫌だ。こんなの嫌だ。

式部が腰を引いてわずかに躰が楽になった途端、すぐさま欲望を叩き込まれる。

衝撃と苦痛に、喉が鳴った。

凄まじい衝撃に舌を噛みそうになったが、皮肉にも、押し込められた手ぬぐいのおかげで、それを避けられた。

「く…、ふ、う、うぐ…、う、く……ッ」

ぱんぱんと腰を叩きつけられ、呼吸が浅くなる。

狭い蜜洞を穿たれるたびに、滑った粘膜が擦られる。

普段のゆるやかだが深い愉悦にも似た異常な快楽が込み上げ、下腹部がじんじんと痺れていた。

怖い。怖いのに、熱くて、内側からどろりと溶け落ちてしまいそう……。

「ふ」

式部は何も言わずに、無心に腰を打ちつけてくる。

「んぐ、う…っく……ふ……」

相手が自分よりも力強いのだと知らしめるような行為に、まったく抗(あらが)えない。

押し込められた手ぬぐいが、唾液でしとどに濡れている。

あんなに怖かったのに、いつしか躰の芯が熱く火照っていた。自分の性器がそそり立ち、先走りの蜜を零しているのがわかる。

「ふ……ぅ……うぅ……っ……ん……」

「どうあっても、おまえはこれに勝てないんだ」

熱っぽい式部の声が、聴覚すら壊してしまいそうだ。

そんなわけがない。そう思うのに……考えがまとまらない……。

お腹の中を熱いものでぐちゃぐちゃにされている。

気持ちいい。いい。すごく。

「どうした？　秘術を使うんじゃなかったのか。ほら、俺の精を搾って涸らすんだろ？」

「ひん、ふ……ぅう……」

揶揄する式部にとんとんとそこを突かれると、頭がぼうっとしてしまう。

いつも以上に情け容赦ない動きに、完全に脳が思考を止めている。

「雑魚の分際で、よく大それたことが言えたな」

どうしてそんなに冷たい言葉を吐けるんだろう？

自分の体内に息づく式部は、こんなに熱いのに。

本当は縋りつきたかった。

今までみたいに彼の背中にしがみついて、爪を立てて。

そのほうがずっと安心できた。

ちっとも怖くなかった。

今は、式部が別の人に変貌を遂げたようだ。

なんて、恐ろしい。

「……ん、ん、んん…」

息が切れる。何も考えられない。

達きたい。式部にぐちゃぐちゃにされて達きたい。お腹の中に熱いものをいっぱいに注がれて、それに溺れたい。

「達きたいのか？　どうなんだ？」

「うあ、あ……あー……ッ」

がくがくと頷く螢を認識したのか、式部が低く笑うのが伝わってきた。

ぐっと髪を摑んで、耳許に唇を近づける。

「望みどおり、俺の子種をくれてやる」

そのまま式部は、苛酷なまでに激しく螢を責め立てた。

灼熱は螢の腹を縦横に搔き混ぜ、抉り、穿つ。

人形のように揺さぶられているのに、こんなにも昂っている理由が自分でもよくわからない。

恐ろしさのせいか涙で視界が滲んで、ぼやけて、何も見えなくなった。

「痛い……」

少しでも動くと呻き声が出てくるのは、尻と腰に残る鈍い痛みのせいだった。

次の日になっても、躰に受けた苦痛が大きすぎて起き上がるのも億劫だった。

無理に尻にねじ込まれたおかげで、躰がばらばらになるかと思った。

これまではどんなにつらい訓練のときだって、泣かなかった。

そのくせに、今は泣きそうだ。

涙を流せば、楽になるのだろうか。

心がぐちゃぐちゃに乱れ、自分でも自分の気持ちを制御できない。

螢は膝を抱えて、思わず座り込む。

「螢、どうした？」

通りかかった鶴松に声をかけられ、慌てて「何でもありません」と立ち上がった。

仕事は山積みだ。

やらねばいけない仕事はたくさんあるのに、気持ちがついていかない。

涙が滲んだせいか、鶴松が急いで螢に近づいてきた。

「おい、本当にどうしたんだよ？」

「すみません、目にごみが……」

「おお、今日は風が強いからな」

彼はうんうんと頷く。

男がそう簡単に泣いてはいけないと言われそうだったので、上手くごまかせてほっとした。

「おっと、そうだった。そこが終わったら加藤様がお呼びだ」

「加藤様が？」

用人の加藤とは、ほとんど言葉を交わしたことがない。彼は小者たちにつらく当たるので、仲間内でも好かれてはいなかった。

「何か用事があるらしい」

「わかりました」

とにかく仕事を片づけようと無言で庭を掃き清めていると、人の気配を感じて振り返る。

式部が木刀を片手に持ち、こちらを見つめている。

彼から謝罪する腹づもりだろうか。

無論、あっさりと懐柔されてやる気はない。

螢は躰を返し、また庭掃除に戻る。

待てど暮らせど、式部が話しかけてくる様子はなかった。

――どういうつもりだ？

仕方なくこっそり背後を窺うと、式部は姿を消していた。

端から謝る気が皆無なのか、螢が目に入っていないのか。

螢には知るよしもなかった。

ちくちくと胸のあたりが痛くなって螢は着物の上からそこを押さえたが、その程度では痛みは消えなかった。

いつまでここが痛むのか、我ながら、見当もつかなかった。

それでも庭の掃除を終わらせて加藤のところへ行くと、「遅い」と睨まれた。

「申し訳ありません」

「奥向の人手が足りないのは聞いているか？」

「え、あ、はい」

唐突な質問だったが、奥女中が次々と辞めてしまったのは式部との雑談でも出てきた話題だ。

そうでなくとも給金が安いうえに殿様に手をつけられると噂になってしまっては、新しい女中も見つからないのだろう。

「暫く、そなたに身の回りの世話をさせたいそうだ。まずは、御殿の掃除などを任せようと思ってな」

加藤は少し不満げな面持ちだった。

「私に、ですか？」

「異例だが、殿のたっての命令だ。致し方がない」

「かしこまりました！」

「よいか。ただし、文箱（ふばこ）や手文庫のたぐいには、いっさい触れてはならぬ。それは我ら用人がするからな」

「はい」

式部の件には落胆していたものの、新たな道が開けたのだ。

忍びである以上、こうした事故は任務にはつきものだ。引きずっていては仕事にならない。

その話はもう脇に置いておこうと、螢は気持ちを切り換えた。

九

御殿の台所は、螢(ほたる)たち下男の台所に比べればずっと立派だ。置いてある膳や椀の塗りも見事で、傷でもつけてはいけないとおっかなびっくり扱ってしまう。

「螢、殿がお呼びだ」

台所の片づけを手伝っていたところで加藤(かとう)に呼ばれ、螢は「私が?」と顔を上げた。

昨日から守善(しゅぜん)の部屋の掃除を担当しているが、何か粗相でもあったのだろうかとひやりとなった。

だが、加藤の表情に変化はなかった。

「お怒りのわけではない」

「ええと、では、何でしょうか?」

安堵と同時に、状況を理解して心の臓がばくばくと脈を打ち始める。

よもや、今度こそ、夜伽を申しつけられるのだろうか……!?

「客人がおいでなので酌をせよと」

「はい」

螢は頷いた。

少しでも見目がましでないと、守善に恥を掻かせてしまう。螢は急いで手ぬぐいを固く絞り、顔と手脚をきっちりと拭いた。

それから、上等な提子(ひさげ)をお盆に載せると、しずしずと歩きだした。

「御酒を持ってまいりました」

座敷の外から声をかけると、「入れ」とさも機嫌がよさそうに返事がある。

螢は邪魔にならぬように小さくなりながら、丁寧に盆を差し出した。

「その子は誰ですかな?」

ちらと顔を上げると、灯火に照らされた男は立派な身なりだった。

といっても判断には畳に置かれた刀の鞘(さや)や、小袖や袴という手がかりしかなかったのだが。

いずれにしてもそれ以上は無礼に思われそうだったので、目線だけでは胸元くらいまでしか観察できない。

「ただの小者だ。なかなか見目がよいので、たまには酌をさせようとな」

守善は上機嫌だった。

「奥女中は大半が辞めてしまって、今は干涸(ひか)らびた骨と皮しかおらぬ」

「ですが守善殿。壁に耳あり障子に目ありと申しますぞ」

「む」

もう一人の男に咎められ、守善が苦笑するのを感じた。

「お二人とも、さすがに用心深い」

「我々は『なんし』なのですから。連判を交わした仲、万事慎重に計画し、機が熟すまで待たねばなりますまい」

なんし……？

俯きながらも、螢は内心できょとんとした。

男子の聞き間違いだろうか。

いや、そうじゃないはずだ。あえてここで強い語調で発する以上は、もっと別の意味を含むに決まっていた。

それに、何かこの語感に聞き覚えがあるのだ。

「いやはや、梅松（ばいしょう）殿は厳しいですな」

「何ごとも用心が肝要ですゆえ」

梅松と呼ばれた男に窘（たしな）められ、守善は峻厳（しゅんげん）たる面持ちで螢に命じた。

「もうよいぞ。下がるがよい」

「はい」

襖を閉めたところで、不意に、気づいた。

かなり前に、式部が話していたじゃないか。

水戸光圀が、わざわざ立てさせた石碑に刻んだ言葉。

嗚呼忠臣楠子之墓――そうだ。楠子とは楠木正成のことだ。

彼らは自分を楠木正成になぞらえている。

心臓が強く脈打つ。

しかし、『太平記』を読めばわかるとおりに、楠木正成は天子様に味方し、幕府に弓引いた人物だ。徳川の御世では、幕府よりも天子様を選ぶなどとは決して発言できない。天子様は確かに大事だが、政を動かすのは幕府だからだ。

おまけに、彼らは幕府に仕える大名なのだ。

……あ！

もしかしたら、彼らは天子様を奉じて幕府に楯突こうと企んでいるのではないか。

眩暈が、する。

台所に戻りながら、螢は自分がふわふわとしたやわらかな綿の上でも歩いているような錯覚を抱いてしまう。

我ながら、考えすぎだ。発想が飛躍しすぎている。

仮にそれが事実なら、綻びを探すどころではなかった。

恐ろしい謀略の気配に、螢は全身から血の気が引いていくのをまざまざと感じた。見つかるのはせいぜい愛人や世継ぎの問題だろうと高を括っていたが、それ以上の大ごとだ。

しかし、これほどまでに重い秘密が仮に事実であるのなら、どうやって春成に知らせるべきだろう。

手紙を書いてもいいが、途中で誰かに取り上げられたら？　また、不正確な情報を告げればかえって迷惑をかけてしまい、春成や主君である古川家にとんでもない災禍が降りかかるだろう。

証拠だ。

証がなければ、話にならない。

この手で、はっきりとした証を摑まなくてはいけないのだ。

「だからさあ、花火の夜はみんなで繰り出そうぜ」

朝餉の席で小者たちが楽しげに話し合っている。

夏といえば、花火。

もうすぐ両国で花火大会があるそうだ。

「花火ってそんなに面白いんですか？」

「みんなで空を見上げて、『玉屋（たまや）』『鍵屋（かぎや）』ってかけ声を上げるんだ。もとはといえば、その店の花火の宣伝で始まったっていうからな」

「ぱっと消えるのが粋でねぇ」

「楽しそうですね」

小者たちの熱気が普段とまるで違い、螢は完全に気圧されていた。

「俺らも休みになるから、両国まで見に行くんだよ」

「へえ」

花火のために休みがもらえるとは、さすがにこのお屋敷はすごい。

だが、それもこれも給金がほかより安いせいだと思うと、どちらがいいとは一概には言えなかった。

「まあ、誰かしら留守番はしなくちゃいけないから、それはくじ引きだな」

螢は説明されて、なるほどと頷いた。

食事を終えた螢が立ち上がると、鶴松が近づいてきた。

「螢、掃除は今日も御殿を頼む。殿の部屋もな」

「はい！」

願ってもいない依頼に、螢は思わず声を弾ませた。

「あっちも奥女中は婆さんばっかりだからな。掃除は大変らしいんだよ」

指摘されずとも、奥女中たちは平均年齢が高すぎる。おそらく、守善よりも年嵩の者もいるだろう。

「早う女中を見つけてくれないと、こっちも人出不足で困っちまうなぁ」

「なるべく急いで済ませます」

守善の部屋の掃除ができるのは、彼が席を外したときか、会議などで座敷に不在のときでなくてはいけない。

「だからって適当にやるなよ。あれで殿は細かいんだ」

「わかりました」

少しずつ探るには、ちょうどいい機会だった。

螢は守善の部屋に入り込むと、まずははたきをかけ始める。そのあいだも抜け目なくあたりを見回していたが、何の変哲もない書院だ。春成の部屋に似ていて、じつに簡素だった。

とりあえず、調度の場所だけは覚えよう。

掛け軸は品のいい水墨画。

違い棚には香炉が置かれ、下には朱塗りの鮮やかな盆が敷かれている。

文机、文箱、硯——一つ一つの調度は品がよく、守善はこういう点に金を使っているのだろうと感じた。

ひととおり掃除を終えて部屋を出ると、藩士が自分をじっと見つめているのに気づく。後ろ暗い点は何もなかったので、螢は会釈し、ゆっくりとした足取りで裏庭に向かった。緊張が解けて、今度はどきどきしている。

あそこからどのように秘密を探り出すのか、考えても考えても思いつかなかった。

皆が寝静まったはずの夜。

螢は次の『太平記』を広げ、月明かりの下でそれを眺めていた。続きを読もうと思っても、文字はただただ記号の羅列となって心に滑り込むばかりで、意味をなさない。

こんなに上の空なのは、無論、守善のせいだった。

あれから御殿の掃除やら何やらを任されているが、新たな情報は得られていない。

式部とは顔を合わせてもおらず、相談できそうにない。

かといって、喜助にこの状況を説明できるわけもない。

となれば、できるのは証拠を摑み、それを持ち出して然るべき相手に渡すだけだ。

けれども、古川家の江戸屋敷に駆け込んでもよけいな問題の元なので、喜助か佐吉のいずれかに託す必要があった。

喜助が貸本の仕事でやって来るまで、まだ数日は残されている。

それまでにどうにかして、けりをつけなくては。

「螢」

「！」

唐突に呼びかけてきたのが誰の声かはわかっているが、びくっと震えてしまう。

「先夜、酌をしたんだってな」

いきなりの本題だ。

「…………」

「だんまりとは可愛げがないな」

いつもと変わらぬ口調に、式部がまったく悪びれていないと知って腹が立ってきた。

「べつに、私のことなんてどうだっていいでしょう」

おかげで、つい、ぶっきらぼうに応じてしまう。

「これでも心配してるんだ。それとも、また手籠めにされたいのか」

「！」

思わず顔を上げた螢は、慌ててあたりを見回す。

「誰もいないよ。それで、変わったことは？」

「――特に……」

何もなかったと答えようとして、ふと、悪戯心で思いついた。

式部の立場が如何（いか）なるものか、試せるのではないか。

「それに、殿様も梅松様も『なんし』ですから」

さりげなく言い切った螢の言葉に、彼は顕著な反応を示した。

「‼」

ぐっと腕を摑まれ、螢は全身を強張らせた。

「どういう意味だ！」

「どうって……」

鎌をかけたつもりだったのに、こんなにあからさまな反応を見せるなんて。

その反応からは、式部の真意が見えないが、ただならぬ様子だった。

「お、男って意味ですけど」

何とかして切り抜けようと螢が漸う（ようよ）答えると、式部は舌打ちをした。

「梅松と言ったな。そいつと話したか？」

「いえ」

まともに応じる気はなかったが、詰め寄られると黙ってはいられなかった。

「よいか。今の話は誰にもしてはならぬ」

凄（すご）むように断言され、螢は凝然とする。

まるで人が変わったように、式部は真剣だった。

「どうして？」

「どうでもいい！　わかったか」

乱暴な調子で念を押され、螢は「はい」と気圧されたように頷いた。

式部は彼らの企みを知らなかった……ということか？

あるいは余人に知られてはいけない秘密という意味か？

「死にたくなければ、さっきの言葉はこの先、誰にも言うな。無論、俺にもだ」

迂闊に漏らせば、螢の命すら危うい。

そう知らしめられ、螢は目を見開いた。

だとしたら、守善たちはやはり不穏分子なのだろうか。

「――そんな顔を、するな」

うってかわって取りなすような笑みを浮かべた式部は、螢の頭をぽんと叩く。

だが、目が笑ってはいない。

「悪いようにはせぬ。案ずるな」

「だって、先生に何ができるんですか？」

なおも撫でようと伸ばされた式部の手を避け、螢は半歩退いた。

「少なくとも、おまえよりは上手く立ち回れる」

蛍はむっとしたものの、ここで言い争って誰かに目撃されたくない。

そのまま挨拶もせずに歩きだしたところで、「おい」と声をかけられた。

「先夜の件については、謝るつもりはない。だから、おまえは普通の小者として務めを果たせ」

背中に冷淡な言葉を浴びせられ、蛍はさすがに振り返る。

式部がどんな表情なのか見たかったのに、光の加減で顔が蔭になっていて見えない。

いずれにせよ、こんな言い方では、仮に謝罪されても本心ではないだろう。

おかげで、彼の態度の悪さが蛍の神経を逆撫でした。

「謝ってほしいなんて、思ってません」

それじゃ、と吐き捨てて蛍は式部に背を向けた。

暫く式部はそこに佇んでいたが、ため息をつき、やがて立ち去る気配を感じた。

自分から尖った言葉を投げたくせに、情けなくて瞼が痛くなってきた。泣きそうだ。

感情の波を堪えるため、蛍はぐっと右手を握り締めた。

仲直りしたほうがいいだろうか。

けれども、そのきっかけも必然性もない。それに、どのみちこれ以上式部と関わり合う意味などなかった。

蛍が忍びである限りは、こうして誰かと親しくなったり、別れたりを繰り返す。それらの一つ一つに心を痛めていては、自分自身が磨り減ってしまう。

そうしたことは百も承知でも、このもやもやした感情は何だろう。

春成のところを去るときも淋しかったけれど、絶対に鹿嶺に帰るという気概があった。淋しさよりも、旅立ちの昂奮が勝った。

それが、式部に関しては自分の感情を上手く処理できない。

足を止めて立ち尽くした螢は、先ほど式部が立っていたあたりに視線を向ける。

——振り出しに戻った、だけだ。

自分は単身で八木山家に潜入したのだ。佐吉や喜助も、それぞれ独力で諜報活動に励んでいる。

なのに、この期に及んで式部の助力を期待しているなんて、覚悟が足りない。甘ったれすぎだ。

一人前になるために、江戸に来たのだ。協力者を見つけて楽をするためじゃない。

早くすべてを成し遂げて、鹿嶺に向かおう。

よくよく考えてみれば、証拠さえ摑んでしまえばこちらのものだ。証拠を手にして、意気揚々と春成のところへ帰ればいい。

そのためにすべきことは、わかっている。

式部に自分の行動を止められたって、痛くも痒くもない。

あとは、好機をものにするだけだった。

「本当にいいのかい？」

「そうだよ、みんなで楽しみにしていたじゃないか」

言いながらも、鶴松もほかの連中もすっかり浮き足立っている。

今日は夕刻から例の花火が上がるため、奉公人たちは両国に出向くのだと揃ってうきうきしていた。

「私は一番の新参者だから、留守番をします」

「すまないねえ」

隅田川にまで行かずとも高台ならばそれなりに見えるそうだが、やはり、間近で花火を見物したいのが人情だろう。

この日は使用人たちが仕事にならないゆえに、彼らは午後から休んでいいことになっていた。逆に藩士たちはそれも許されずに、建前上は屋敷に留まらなくてはいけないのだから、立場が逆転したかのようだ。

「じゃあ、お言葉に甘えて出かけようか」

「お土産に団子でも買ってくるよ」

「嬉しいです！」

螢だって本当は花火を見たかったが、自分には何よりも大切な任務がある。

守善は医者に出向くと偽って花火見物に向かったのを知っていたので、螢は雑巾を片手に御殿へと歩きだした。

本来ならば大名も藩士も自由に外出はできかねるが、さすがに医者にかかるのは問題がなく、病を口実に仮病を使って外出する者も多いのだとか。

そんなわけで、本日の八木山邸は病人が続出。

午後から邸内はがらんとしたものだった。

ちょうどいい機会だし、ゆっくり探そう。

螢ははたきをかけながら、掛け軸を捲ってみる。裏側に文でも貼りつけられているのではと期待したが何もなく、呆気なく潰えた。

文箱か、手文庫か。

この二つに手をつけるのは勇気が必要だ。初日から、加藤にこれらには決して触れるなと言われているからだ。

どうする？

ここで悪手を選んで、盗人とでも間違われたら手打ちにされてしまう。

螢は懐から手ぬぐいを出した。漆塗りの手文庫には御所車が描かれており、ぴかぴかで手の脂がついてしまいそうだったからだ。

そっと手文庫の取っ手を摑んでそれを引いた瞬間。

からんからんと乾いた音が周囲に鳴り響いた。

えっ⁉

「何をしている！」

ぱあんと音を立てて勢いよく襖が開き、声をかけられた螢がはっと顔を上げると、目の前には用人の加藤がいた。

その後ろには、藩士たちが控えている。

「あ……掃除を……」

「掃除だと？　手文庫に触れてはならぬと言ったはずだ」

手文庫の引き出しを開けると、糸が引っ張られて竹の鳴子が音を立てる――そんな単純な構造だったのに、まったく気づかなかった。

「端(はな)からおまえが怪しいと見当をつけていたのだ。今日は手薄になると舐めていたのだろう。殿に可愛がられている恩を仇(あだ)で返すとはな！」

「ち、違います！」

螢は慌てて首を横に振ったが、ぐいっとその腕を摑まれてしまう。

「ッ」

「言い逃れはできぬ。このまま叩き斬ってやる」

「盗みなど、していません！」

まさか、罠だったとは。

術を使えば逃れられるが、代わりに二度とここでは働けなくなるだろう。

「嘘をついてもためにならんぞ」

男たちは冷ややかな目で螢を見据え、一人が螢の頬を張った。

勢いよく吹っ飛ばされたと見せかけ、螢は縁側の下まで転がる。

「ちょうどいい。ここでは座敷が汚れるな」

起き上がれない振りをして、螢は懐に入れたお守り袋に手をかけた。

「お助けを……」

「馬鹿め」

恐怖を抱かせるためか、加藤がやけにゆっくりと刀を抜いた。

土下座した螢は、そのあいだに目潰しの粉を掌に出す。

「せいぜい神仏に祈るのだな」

皮肉っぽく言い放った加藤がわざとらしく刀を振り上げた刹那、螢は顔を背けつつ相手に目潰しを投げた。

唐辛子の粉が入った、特製の目潰しだ。

ほとんどの道具を式部に渡したが、このお守り袋だけは手許に残しておいたのだ。

「うわあっ…目が焼けるッ‼」

「な、なんだ、これは！」

螢は素早く起き上がると小袖の裾を捲り、裸足のまま駆けだした。

江戸屋敷の外に出なくては。

式部の言葉を信じるならば、それが最も安全なはずだ。

「逃げたぞ！　追え！」

「曲者！」

有り難いことに、一番近い裏門は開いていた。

おそらく、誰かが出かけた直後なのだろう。

「おい、閉めろ！」

「へ？」

騒ぎを聞きつけた門番が番所の前に立ち、唖然として藩士を見つめている。

藩士が背後から更に怒鳴った。

「閉めろ、馬鹿！　門だ！」

慌てて動きだした門番を押し退け、螢は屋敷の敷地外へ飛び出した。

「あっ」

足が縺れ、そのまま螢は蛙のように惨めに転がってしまう。

急いで起き上がろうとしたが、遅かった。

「この餓鬼が！」

誰かが殺気立った声を上げ、螢の首根っこを掴む。

「殺せ！　くそ、目が……」

続けざまに少し離れた場所から聞こえてきたのは、怒気を孕んだ加藤の声だった。

ざりざりと歩く足音とともに、加藤が近づいてくる。

「どけ！」

螢を押さえつけていた男が退いたせいで、躰がふっと軽くなった。

「死ね！」

「！」

煌めく白刃が、螢に真っ直ぐに振り下ろされる。

――斬られる！

動けなくなった螢の頭上で、かんっという音とともに火花が散った。

はっと面を上げると、誰かが自分の刀の鞘で加藤の刀を止めてくれたのだ。

「邪魔立てをする気か！」

怒り心頭の声で加藤が怒鳴りつけたので、螢は慌ててそちらを振り返る。

鞘を差し出したのは、式部だった。

「お待ちください、加藤様」

「おまえ、どういうつもりだ！」

もしかして、助けてくれるのだろうか……。

安堵を覚えた螢は縋るような目で、式部を見つめた。

「いくら何でもここで手打ちは、さすがに悪手でしょう」

式部はのんびりとした口調で言ってのける。

周辺は武家屋敷とはいえ、騒ぎを聞きつけて近くの屋敷から人が集まってきていた。

「なに？」

「大名は自分の領民を裁けますが、人別外の螢は領民じゃないはずだ。それに、そもそも加藤様は殿じゃない。藩士が法によらずに勝手にお手討ちってのは、外聞も体裁もまずいんじゃないですかね」

滔々と流れるような口ぶりで窘められ、加藤をはじめ、血気逸っていた藩士たちも落ち着いてきた様子だった。

「そこまでお怒りになるとは、いったい、何があったんです？」

「盗みだ」

「へえ！　盗み！　こんな真っ昼間から？」

「何だと⁉」

小馬鹿にするような式部の口ぶりに、加藤の顔が怒りで真っ赤になる。

周囲の人たちに石でも投げられるのではないかと、螢は狼狽えつつあたりを見回したが、反応は意外なものだった。

「松池藩じゃあ、昼間から盗人が入るのか」

「情けないねえ、何を盗られたんだか」

群衆たちが茶化しながらどっと笑ったため、加藤がぶるぶると震えている。

そうか……。

江戸の人間にとって、最も憎むべきは夜に跋扈する残虐な盗賊だ。昼間に何かを盗まれるのは、寧ろ、油断した被害者こそが間抜けだと嘲られてしまうのだ。

「盗みだって？」

そんなことを言いながら、五つ紋の羽織を身につけた男が人混みを掻き分けてくる。

「おや、これは八丁堀の」

式部がどこか楽しげに片手を挙げた。

男が動いた拍子に短い巻き羽織の蔭から十手が見え、螢は彼が定廻りの同心だと気づいた。

「近頃、ここいらで盗人が出るって話だそうでな。盗みだったら、俺らが話を聞きたいんだが」

「そうはいかぬ。この者は我が藩の小者ゆえ、我らが成敗する」

気を取り直した様子で、加藤が同心に向き直った。

「松池藩では盗みは死罪ってことですか？」

畳みかけるように同心に問われ、加藤ははっと顔を強張らせる。

「……いや、そうではない」

加藤はぐっと黙り込んでから、今度はふてぶてしく同心を睨みつけた。

「だが、怪しい術で私の目を眩ませた」

「ならば、こやつは近頃大名屋敷を荒らし回っている盗人の一味かもしれません。どうか、お引き渡しを」

同心が下手に出たので、加藤は「むう」と困ったように唸る。

「番所で締め上げて、吐かせますんで」

番所に連れていかれるのは、犯罪者として取り調べを受けるという意味だ。それでは、犯罪者と見なされているのと同義ではないか。

式部に縋るような目を向けたが、彼は螢を一瞥もしなかった。

「それはいい考えだ。周辺の皆さんも、こそ泥を捕まえた松池藩には感謝なさるでしょうよ。どうですか、加藤様」

「――よかろう」

加藤はひどく不満そうだったが、仕方なく同意を示す。

しかし、こちらは納得できない。

「待ってください！　私は、何も」

慌てて螢が言い止したが、式部は右手を出してそれを制止した。

「やめときな」

「え」

「お調べのときに話せばいい。ここで弁明してもためにならん。よけいなことは言わないほうが、罪が軽くなるってもんだ」

「……見損ないました」

助けてくれるのではないかと思っていた。

それなのに、ここで突き放すなんて。

やはり、式部は敵だったんだ。

「…………」

式部は答えずに螢に背を向け、同心の肩を叩いた。

「じゃあ、頼んだぜ」

彼は率先して螢を番所に突き出し、犯罪者として裁かせようとしているのだ。

どうして？

あんなことをされた以上は信じるつもりはなかったのに、まだ、少しだけ感情の欠片が残っていた。

式部を信じていた。

しかし、式部は螢の信頼に値しない相手だったのだ。

勝手に期待したくせに裏切られたと思っているなんて、自分は馬鹿だ。

でも——信じたかったんだ。

ほかでもない式部だからこそ、信じたかったのに。

十

江戸の治安を取り締まるのは、番所――いわゆる奉行所だ。

お江戸では南町奉行所と北町奉行所が一月交代で裁きを行い、螢が連れていかれたのは南町奉行所だった。

夕刻とはいえ、花火見物で人出が多い中を番所まで引き立てられていったのは、螢にとってつらいものだった。

道行く町人にひそひそと陰口を叩かれ、かなり惨めだった。

遠くでぽんぽんと花火の音が聞こえるのも、妙にせつなくて。

それもこれも、お役目に失敗したためだ。

自分が上手くやれなかったせいで、こんな目に遭っているのだ。

ほかでもない螢自身の失態のせいなのだから、情けなかった。

おまけに、唯一の援軍になり得た式部は味方どころか敵に回ったのだし。

それもまた、螢をへこませる原因だった。

いや、それこそが最大の要因だったかもしれない。

捨て鉢になって、調べの際に『楠子』のこともあらいざらいしゃべってしまおうとも思ったが、証もないのに信じてもらえるとは思えない。下手を打って春成に迷惑をかけてはならぬと、懸命に耐えた。

こうして番所での取り調べが始まったが、当然ながら螢にとっては初の体験だ。

何もかもがめまぐるしくて、驚いているうちにすべてが終わりそうだ。

「おまえの持ち物から、小判が見つかったそうだが」

取り調べを担当する与力は渋い顔になり、地面に正座した螢を見下ろした。彼は額が広く短い髷を結い、その髷の毛先は大きく広がっている。特徴的な髪形で、それは与力に共通する様式らしかった。

ちなみに奉行の下には与力と同心がいて、与力のほうが身分が上なのだとか。

「そんなもの、知りません。覚えがないんです」

荷物といえば、下着や貸本しかないはずだ。目潰しが入った守り袋も、門前での騒ぎの際にわざと落としてきた。

「私はこの春に江戸に来たばかりで、お屋敷から出たのも片手で数えられるくらいです。盗んだものを売るような場所も知りません」

「ふむ」

螢の顔を見ながら話を聞いていた与力は困ったように腕組みをしていたが、ややあって「仕方ないな」と口を開いた。

「おまえは、番所ではこれ以上調べられぬ」

「え⁉」

つまり、釈放だろうか。

螢はほっと肩の力を抜く。

しかし、釈放されたからといって、おめおめと八木山家に戻れるわけがない。佐吉を頼るにしても、今度は佐吉が目をつけられてしまうかもしれない。

ならば、おとなしく鹿嶺に帰るか。

給金は多少なら残っているし、帰れないほどではないはずだ。

一瞬のうちに、さまざまなことが脳裏をぐるぐると渦巻いた。

「誤解するな、釈放ではないぞ。これから伝馬町に護送する」

螢の誤解に気づいたのか、与力はしっかりと釘を刺してくる。

「伝馬町？」

螢が首を傾げると、彼は「重罪人が入れられる牢獄があるのだ」と告げた。

「私は何も！」

弁解を試みたが、すぐさま叱咤が飛んできた。

「必要以上に口を利くな！」

同時にばしっと刀の鞘で背中を殴りつけられ、螢は地面に倒れ込んだ。

顔に土がつき、口の中にも入って嫌な味がした。

重罪人の牢獄って、どうして……⁉

「連れていけ」

「はい」

同心に引き立てられ、螢は惨めな気分で立ち上がった。

このまま、どうなってしまうんだろう。

自分は無実――とは言い難いが、少なくとも盗みはしていないのに、誰も信じてくれない。

それがこんなに苦しいことだなんて、知らなかった。

「行くぞ」

螢はまたしても腰縄をつけられ、重い足取りで歩きだした。

「遅い！」

怒鳴られたうえに足を蹴られ、仕方なく歩を速める。

今日も町の人たちの視線が、痛い。

気に留めないつもりでも、目尻に涙が浮かんだ。

以前ならば楽しく眺めた風景も、ちっとも心を浮き立たせなかった。

のろのろと足を運んでいるうちに、螢の視界に異様な光景が飛び込んできた。

三方を土手と高い高い塀に囲まれた敷地で、おまけに、周囲は水を張った堀が取り巻いている。

その厳重さから、明らかにそこが螢の目的地だとわかった。

「一応は説明しておいてやる」

同心は無知な螢をどう思ったのか、牢屋敷の説明を始めた。

屋敷の中には、身分の高い犯罪者を収容する揚座敷(あがりざしき)や揚屋(あがりや)、大牢(たいろう)、百姓牢、女牢(おんなろう)などの多くの建物があるという。

自白のために行われる拷問についても聞かされ、螢は震え上がる。

さんざん脅すと、彼はあっさりと門をくぐった。

「さて、おまえはここで引き渡しだ」

「……はい」

螢は項垂(うなだ)れたまま同心と別れた。

本人確認をされたあとで、素っ裸にされた上で躰をつぶさに調べられた。

尻に指を突っ込まれたのには驚いたが、ここに脱獄の道具を入れる者もいるのだとか。それだけでぐったり疲れているからか、今日の取り調べはなかった。

「取り調べはまた今度だ。ほら、行くぞ」

それから、螢は鍵役同心に引き連れられて牢に向かう。

「おまえが入るのは、東大牢だ」

ここにはいくつもの建物があり、それらが仕切られて牢屋が作られている。

牢は身分ごとに分かれていて、螢が連れてこられたのは町人が収容される大牢だった。陽当たりの悪い牢獄で、太い格子の向こうから、ほかの囚人たちに観察されているようだ。瘦せこけた囚人たちは、目だけがぎらぎらと光っている。

「ここだ」

同心の一人が閂を開け、螢を牢屋の入り口に押し込める。身を屈めながら牢の入り口をくぐると背中を押され、そのまま転げてしまう。

つんと饐えたような臭いが漂ってきて、すぐさま吐き気が込み上げてきた。

「新入りだ。面倒を見てやりな」

吐き捨てるように同心が言い、背後で閂がかかる重苦しい音が響いた。

「ちびだな」

「瘦せっぽちじゃねえか」

浴びせられた声におずおずと顔を上げると、牢屋の中では十数人もの男たちが好奇の目で螢を眺めていた。

「なんだ、子供かよ」

一人だけ、畳を何枚も重ねた高い場所に座す男がいる。顔に傷があり、どこかふてぶてしい印象だ。あれが、以前式部が話していた牢名主だろうか。

男は立て膝で腰を下ろしており、その表情まではわからない。だが、体格はむっちりとしているようで、痩せ細ったほかの男たちとは対照的だった。

「座れ」

「はいっ」

声をかけてきた若者に睨まれ、螢は床の上に直に正座した。

「いいか、ここでの規則を教えるぞ」

牢役の男は黒光りする板を持っていて、いきなり、螢の背中をそれで叩く。

「うっ！」

ばしんと激しい音が響く。

——あれ？

反射的に声を上げてしまったが、音の割には痛くない。

さすがに殴られるのに慣れたせいだろうか？

「一つ、ここでは……」

謳(うた)うような節回しで、牢内の心得を叩き込まれていく。

お頭——牢名主の名前は、毒蛇(どくじゃ)の作蔵(さくぞう)だとか。

彼の言うことには絶対服従、というのが長々とした心得の要旨らしかった。

「新入り、顔を見せな」

高いところから濁声(だみごえ)が聞こえ、螢は慌てて先ほどの男性に目を向ける。

「まだ子供じゃねぇか。名前は？」

これが作蔵か。声は聞き取りにくかったが、妙な凄みがあって圧されてしまう。

「螢、です」

「なら、螢。おまえ、何をした？」

値踏みをするような口ぶりに、螢は項垂れた。

「私は、何も……」

「おかしいな、ここにいる連中はみんな大罪人だぜ。ほら、言ってみな」

作蔵に促され、囚人たちは端から口を開いた。

「俺は殺し」

「火付けだ」

「盗みだな。何千両って盗んだぜ」

皆、罪の度合いが半端なく重い。

螢のような盗みの嫌疑をかけられてここに来た者は、この大牢には見当たらないようだった。

「みんな死罪か遠島かってところなんだ。それを、何もしてないやつが入ってくるとはなあ」

呆れたように告げた作蔵は、肩を竦めて欠伸をした。

「まあ、せいぜい、生き延びてここから出ていくんだな——本当に無実ならな」

寒くて、臭くて、とてもじゃないがここに長居はできない。いくら厳しい修行をくぐり抜けた螢だって、理不尽なできごとには耐えられなかった。

だけど、誰が自分を信じてくれるだろう?

少なくとも、今の螢には味方がいない。

本当は、守善(しゅぜん)こそが恐ろしい企てを考えている張本人だと声高に叫びたい。

けれども、そんな真似をしても、何の解決にもならない。

何よりもつらいのは、式部の仕打ちだ。

何度も何度も思い返してしまう。

自分を番所に突き出したときの、あの冷たい口ぶり。螢の弁解さえ聞かずに、彼は自分の存在を切り捨てたのだ。

翌日。

大牢にいるあいだ、囚人たちはぼんやりと日がな一日過ごす。螢も取り立ててすることがないので、牢の隅に座って膝を抱えていた。

「おい、螢」

外から鍵役同心に呼ばれて螢がそちらを振り返ると、彼が顎で格子に近寄るように示す。

「ほら、差し入れだ」

あまりの手回しのよさにびっくりしてしまうが、佐吉からだろうか？

「ありがとうございます」

自分の腕よりも太い格子の隙間から手を伸ばし、螢は有り難く紙包みを受け取る。おそらく、中身は食べ物だろう。包み紙越しにもうっすらと甘い匂いが漂い、むずむずと鼻を刺激される。

ここの食事は麦飯に梅干しだけだったので、それ以外のものを食べられるのは嬉しかった。急いで包みを開くと、中身は饅頭（まんじゅう）だった。

「早速の差し入れかい。いいご身分じゃねぇか」

昨日の教育係が声をかけてきて、素早く螢の手から包みを奪った。

「あっ⁉」

あまりの早業に驚いてしまう。

「そいつは、お頭のもんだ」

お頭——作蔵か。

「なら、半分差し上げます」

螢がそう申し出たが、教育係は納得しなかった。

「馬鹿か？」

「え？」

「ここじゃ、おまえのものなんてないんだよ。すべてはお頭のものだ」

吐き捨てた男にどんと突き飛ばされ、螢は地面に転がった。

「返してください！」

「餓鬼が」

立ち上がる前に蹴られて、螢は躰を二つに折り曲げる。

痛くはなかったが、小馬鹿にされているのが苦しかった。

どうしてこんな目に遭わなくちゃいけないのかと、泣きたくもなる。なのに、涙さえ出てこない。

「おまえみたいな役立たずは、せめて食べ物を差し出してお頭を喜ばせな」

そう言われて螢は何も反論できなくなり、ぐっと黙り込んだ。

「そういうことだ。諦めるんだな」

十二枚の畳の上から螢を見下ろした作蔵は、にやりと笑った。

「おお、こいつは旨そうな匂いがしやがる」

作蔵は紙包みを受け取るとそれを傍らに置き、そのまま横になってしまう。

すぐに食べるわけじゃないなら、取り上げる必要だってないじゃないか！

むっとした螢が唇を噛むと、同じように新入りの源助(げんすけ)という男が躙り寄ってきた。

「まあまあ、そんな顔するなよ」

ぽんと背中を叩かれたが、それくらいで立ち直れるはずがない。

折角の心尽くしの品で、おまけに暗号の一つでも同封されているかもしれないのにと思うと、気が気ではない。

「おまえは今ひとつここの作法がわかってないようだけどな、作蔵さんはここから出られないんだ。もう十年もここで暮らしてる。だから、何でも知ってて生き字引みたいなお人なんだよ」

「どうして？」

「それだけすごいことをしてのけたお人ってぇことだ。少しくらい楽しみがなけりゃつまんねえだろ」

「うん……」

窘められると、自分がとても我が儘に振る舞ったように思えて、気持ちがずるずると落ち込んできた。

「そう、ですよね……」

こんなところから出られないのは、どんな気分だろう。

螢だったら、やっていられない。意地悪だって言いたくなるし、権力があれば人のものだって取り上げてみたくなるだろう。

それに、手許に届かない可能性もあるのだから、用心深い仲間たちが文など忍ばせるわけもない。

「私の配慮が足りませんでした」

反省する螢を見下ろし、源助ははっと笑った。

「まったく、おめえは人がいいなあ。そんなんじゃ、口書にすぐ爪印でも押して首を刎ねられちまいそうだ」

「口書って?」

聞き慣れぬ単語に首を傾げると、源助は肩を竦めた。

「知らねぇのか。そういや、お奉行様の吟味はまだなんだっけ?」

「まだです」

「ほら、取り調べで関係者からの証言をさせるだろ。おまえに自白させて、それを紙に書いたのが口書だ。罪を認めなけりゃ、拷問拷問また拷問だぜ」

「拷問」

螢はぶるっと身を震わせた。

「まあ、普通は笞打と石抱だ。覚悟しておきな」

そんな覚悟が決まるわけがない。

それでも、里の仲間に自分が捕まったと伝わったのは幸いだ。きっと、脱出のための策を練ってくれるだろう。

喜助と佐吉、どちらが螢の窮地に気づいてくれたのだろう?

考えられるのは喜助だが、貸本屋が来るのは今日か明日のはずだ。

だとしたら、誰か螢の知らない味方が八木山家にはいたのかもしれない。

当然、それは式部以外だ。

式部さえいなければ、自分が牢獄に送られる羽目にはならなかったのだから。

「おい、お沙汰だそうだぜ!」

どうやら鍵役同心に耳打ちされたらしく、四人の一人が昂奮気味に言った。

その目は、大牢の片隅で膝を抱えて座り込む螢に向けられている。

自分への視線に気づいて、螢ははっと顔を上げた。

「螢の？」

「早すぎねえか？　吟味もまだだろ」

さすがに異例らしく、囚人たちはざわついている。

「間違えじゃないのか？　吟味しねえでお沙汰が決まるなんて、聞いたことないぜ」

「でもお沙汰だって、鍵役の旦那が」

ここに連れてこられて、四日目。

どういうわけかと囚人たちが騒然としていると、鍵役同心が数人でやって来た。

「螢！」

「は、はい」

震え上がった螢が直立すると、彼らは犯罪者に対する冷たいまなざしを隠そうともせず、冷淡な口調で言ってのけた。

「これからお沙汰がある。こちらへ来い」

「はいっ」

言われるまま、螢は牢の外へ出る。

振り返ると、囚人たちは羨ましそうな、悲しそうな、不思議な表情で螢を見送っていた。

目礼してから前に向き直り、螢はそのまま外へ足を運んだ。

美味しい……。

深々と吸い込む空気は新鮮で、黴臭(かびくさ)さの欠片もない。

湿度が高い大牢に閉じ込められていたので、素足に感じるさらさらした地面の感触さえも懐かしかった。

漸く外に出られたが、手はすぐに縄で縛(いまし)められた。その格好で今度は奉行所へ運ばれるそうだ。死罪であればあえて場所を移さず、牢屋敷で打ち首を行うと教わっていたので、少なくとも死罪ではないのだと安堵した。

今まで薄暗い場所にいたせいか、目が痛いくらいだ。

そこから奉行所まで、徒歩での移動だった。

最早、町の人々の目線は気にならない。どうでもよかった。

奉行所に入ると、門から敷台までは青板の敷石が、そしてそこ以外は那智黒(なちぐろ)の砂利が敷き詰められている。

仰々しく、身が引き締まる思いだった。

白洲(しらす)の外には柵があり、そこには加藤(かとう)の姿があった。

螢の判決がどうなるのか、わざわざ見届けに来たのだろう。

螢と目が合うと、鋭いまなざしで睨まれる。

加藤が下男たちに冷たいと知っていたが、そこまで恨まれるような真似はしていないはずだ。

「座れ」

引き立てられたお白洲には筵が敷かれ、命じられるままに螢はそこに正座をした。

人がやって来る気配がしたので、慌てて両手を突いて頭を下げる。

男性は座敷の中央にゆったりと座った。

「顔を上げよ」

そっと視線を上に向けると、裃を身につけた立派な身なりの男性が座敷に座しており、奉行だろうと見当をつけた。

「これより、沙汰を申し渡す」

朗々とした声があたりに響き渡る。

「螢、だったな」

背筋を伸ばして座敷に腰を下ろした峻厳な顔つきの男性は、南町奉行だった。

その後ろには、書記が控えている。

「はい」

「長く牢に閉じ込めて悪かった。不安だったであろう。そなたの疑いは晴れた」

「……えっ」

信じられない言葉を聞かされ、螢は耳を疑う。

もちろん、待ち望んでいた無罪の判決だ。

けれども、どうして急に風向きが変わったのだろうか。

取り調べのときも、螢はろくに弁明ができなかったのに。

同じように背後から声を上げ、腰を浮かせたのは加藤も同じだった。

「お待ちください！」

「発言を許してはおらぬ」

控えていた同心がぴしゃりと撥ね除けたが、加藤は止まらなかった。

「しかし、その者は我が八木山家の主の座敷で、盗みを働いたのです！」

案の定、納得がいかぬ様子で加藤が声を張り上げたが、奉行はそれを片手で制した。

「八木山家は訴えを取り下げるとの話だ。何でも、見つかった小判は螢への褒美で、盗みは勘違いで被害はなかったと。また、周辺の江戸屋敷での盗みも、よく調べたところ、家の者たちの勘違いだったという。そうであれば、これ以上螢を留め置くことはできぬ」

「な」

加藤は顔を真っ赤にさせて、奉行を見上げた。

「つい先ほど、早馬で知らせが来たのだ。嘘だと思うのであれば、一度家へ帰るがよい」

「ですが」

「それとも、そなたには螢が犯人でなくてはならぬ理由でもあるのか？」

「……ありませぬ」

加藤の返答は、いかにも不満げな声で紡がれた。

けれども、そうまで言われてはどうしようもないと悟ったらしく、加藤は額を地面に擦りつけて平伏した。

「そして螢」

「はい」

「そなたは江戸をよく知らぬようだな。八木山家へ戻ることはまかりならぬ。暫し身許引受人に預けるがゆえ、そこで暮らすように」

「身許引受人とは……？」

春成だろうか？

すぐにそんな考えが脳裏を掠めたが、春成が下っ端にすぎない自分のために、わざわざ江戸に出てくるとは考えづらい。

「それは後ほど知らせる。よいか？」

「……かしこまりました」

釈然としないまでも、螢は同意せざるを得なかった。

十一

沙汰を申し渡されて、晴れて自由の身。

嬉しくはあったが、経緯が謎なので今ひとつすっきりしない。

同心に裏口へ連れていかれた螢（ほたる）は、「よう」と声をかけられて目を瞠った。

「先生……」

着流しの式部（しきぶ）は、相変わらずの色男ぶりだ。

「少し痩せたな」

困ったように眉尻を下げ、式部は螢の頬に触れた。

……あったかい。

「悪い、もっと早く助けてやるつもりだったんだが」

「まったく、冷や冷やしましたよ」

口を挟んだのは、遅れてやって来た先ほどの奉行だった。急いで両膝を突こうとする螢を、彼は片手で押し止める。

「おお、すまんな、辰の字」

「私をそう呼ぶのはあなたくらいのものです、式部様」

月代を綺麗に剃り上げた奉行と式部では、外見上はいっさい共通点は見つからない。おまけに明らかに目上の人物として式部を敬っているようだ。さすがにこの状況には納得できかねるが、奉行の前で下手な口は利けない。

「では、息災でな」

奉行は短く告げ、身を翻していなくなってしまう。

とにもかくにも、ここからさっさと出ていきたかった。

これで本当に、無罪放免なんだ……

やっと実感が湧いてきたが、謎を謎のままにはしておけず、螢は口を開いていた。

「どういうことなんです？」

「それはうちで話すよ」

「私はこれから、身許引受人のところへ行くのです。放っておいて……」

ん？

そういえば、身許引受人とは誰だろう？

「だから、その引受人が俺なんだって」

「は⁉」

さっぱり意味がわからない。

思わず失礼な反応を返してしまったが、式部はまるで気にしていない様子だった。

「とりあえず、帰るぞ」

ぶっきらぼうな式部の態度は、ひどく珍しい。

思い当たる点があり、螢はおずおずと口を開いた。

「……もしかして怒っていますか？」

「少しはな」

「だけど、私にも任務があったんです」

「知っているさ」

首を横に振り、式部は肩を竦める。

「それでも、怒る権利くらいはもらえるだろ？　蔭になり日向（ひなた）になり、おまえを助けてきたんだからな」

「そうなんですか？　どうして？」

「放っておけない」

簡素な答えだった。

けれども、己にはそこまで気にかけられる理由がない。

「私が、弟分だから？」

「弟がいるとは話したが、弟みたいだとは言ってないだろ」

眉を顰め、式部は苦々しい面持ちになる。

「じゃあ、苛々するとか？」

「そうじゃないよ。可愛いからだ」

「か……」

かあっと頰が熱くなる。

「可愛い⁉」

信じ難い返答に、素っ頓狂な声が出てしまう。

可愛いなんて、自分にそういう形容をするのは春成くらいだ。

確かに何度もそう言われていたが、本気に受け取っていなかった。

だが、式部はまるで気にも留めていない様子だった。

「そうだ。もう一度言うが、おまえが可愛いからだ。大方はこれで納得がいく」

「できませんよ」

「わかったわかった。とにかく、乗りな。帰ろう」

式部は螢を促すと、駕籠に乗るよう言った。

螢は裏門に待ち受けていた駕籠に乗せられ、釈然としない気持ちのままその振動に身を任せた。

これから、自分はどうなるのだろう。

いや、そもそも、駕籠の行き先はどこになるのか。

緊張しているはずが、これまでののんびり過ごせなかったことも手伝って眠くなってくる。

式部は八木山家の居候で、ほかに行くあてがないはずだ。

もしこの駕籠が、八木山家へ向かっていたら？

うとうとしながら悩んでいるうちに、駕籠が止まる気配がして目を覚ました。

外から「着いたぜ」と、式部の声が聞こえてきた。

「ここは？」

慌てて駕籠から飛び下りた螢は、そこが八木山家の門前でないのでほっと胸を撫で下ろした。

それどころか、知らない界隈だ。

「四谷。そこが俺の家だ」

「ここが⁉」

軽い口調で家と告げられても、八木山家の門よりも遙かに立派な門構えで、螢は圧倒された。

門には家の格が現れると聞いている。

門番の待つ番所が両脇に二つ設置されているし、とても浪人風情が住めるような場所ではない。

この家で働いているとか？　でも、それなら裏門に回るはずだ。

式部が唇を動かしかけたとき、番所から門番が顔を出した。

「若様！」

門番の男は目を見開き、驚いたように平伏する。

若様……？

「おう、久しぶりだな」

「皆、心配しておりました」

「すまんすまん」

謝りつつも式部が門をくぐって中に入ると、邸内からばらばらと侍たちが走り出て近づいてくる。

「殿、今までいずこに！」

殿……？

若様かつ、殿。

浪人のくせに、いったいどういうことだ？

「兄上のたっての頼みで、仕事をしてたんだ」

彼はそう言うと、爽やかな笑みを浮かべた。

「それよりも、客人だ。風呂の支度を頼む」

「はい、ただいま」

用人らしい男が、ほっとした面持ちで頷いた。


驚いたことに、この家には風呂が備えられているらしい。家の内風呂に入るのは初めてで螢は戸惑ったものの、勧められるとおりに湯を使った。ぬか袋を全身に当てて躰を擦ると、びっくりするくらいに汚れが落ちた。

着替えは脱衣所に用意されており、一応それに袖を通す。襦袢も小袖も上物なのは、羽織った感覚でわかった。

風呂場から出ると、女中が待ちかまえていた。

「こちらへ」

「はい」

言われるままに座敷に連れていかれると、縁側には猫をじゃらす式部がいた。

「おい、そんなに怒るなよ。いくら長く留守にしたからって、飼い主を忘れることはないだろうが」

猫はすっかり毛を逆立て、式部を威嚇している。

「みゃーっ」

「だめだ……おまえ、頑固すぎないか？」

「ふしゅー」

「……あの」

いつまでも猫とじゃれているので話にならないと声をかけると、式部が振り返った。

「ああ、さっぱりしたか？」

漸く猫から関心が螢へ向かう。

「はい」

立っているわけにもいかないが、かといって、座ってもいいものか。

「こいつ、たったの半年ですっかり顔を忘れてやがる。俺が拾ったのに、まったく薄情だな」

「半年も？」

「おまえが来る前から、俺は八木山様……いや、八木山のところにいたからな」

螢が思わず畳に膝を突くと、式部は躰ごと向き直った。

「助けてくれて、ありがとうございました」

「いいんだよ。調子が狂うから、あんまりかしこまらないでくれ」

「どうやって私を助けたのです？　いえ、どうして私を助けたんですか？」

「性急だな。おまえが知りたいのはその二つか?」

「ううん……ええと、先生はどこの誰で、私の味方なんですか?」

「質問が多すぎるぞ」

面倒になったのか、式部は顔をしかめてから胡坐を掻いた。

「まず、俺の名は松平式部大輔だ。まあ、本当の名前は松平光兼っていうんだが、そう呼ばれることは滅多にないな」

つまりは、式部はある意味では本名にあたるのか。

螢は内心で納得したが、それにしても仰々しい名前だ。

「こんな立派なお屋敷で暮らしているし、先生は何者なの?」

「石高は一万石だが、一応は旗本だな」

悠然と嘯く式部に、螢は頭を抱えた。

旗本は普通石高は一万石以下のはずだ。それ以上は大身旗本と呼ばれ、多くの義務を負う弱小大名よりはずっと裕福に暮らせるだろう。

「本当に浪人じゃないんですか?」

「化けてたんだよ。八木山家の動きを怪しんで潜入してたっていうのは、本当だからな」

「!」

螢は顔を上げた。

「どうして？」

「俺の兄貴っていうのが、あそこに住んでいてな」

猫の代わりに手にした扇をくるくると弄び始めた式部は、「あそこ」との言葉とともに開け放った障子の向こうを指した。

そこから見えるのは、ひときわ高い江戸城の天守閣だ。

「……はあ」

つまり、江戸城で働く旗本か何かだろう。

込み入った人間関係には興味がなかったので、螢は自分でもわかるほどに気のない返事をしてしまった。

いつの間にか式部から離れた三毛猫は、螢の膝の上に移り、丸くなって眠ってしまった。

「そのたっての願いってやつで、八木山家を調べる羽目になったんだ。まあ、俺も兄には頭が上がらないし、拒めば遠流か死罪だからな」

遠流か死罪とは、また豪快な沙汰だ。

「お兄様は我が儘なのですか？」

「かもな。だが、厄介なものを背負っていれば、我が儘の一つも言いたくなるだろう。なら、こっちも命を張ってやるかって気持ちになる」

「厄介なもの？」

「幕府だよ」

「…………」

ぽかんとしてから、螢は穴が開くほどじいっと式部を見つめる。

それから江戸城を。

――まさか。

「公方様（くぼう）……!?」

声を上げた瞬間、猫の耳がぴくぴくと動いた。

「そうだ。俺の兄貴は今の将軍ってやつだ」

信じられない……。

「じゃあ、先生はやんごとなきお方なの!?」

「冗談だろう。俺のお袋はしがない奥女中だ。好色な親父（おやじ）のお手つきになって、うっかり俺を産んだ。そんなやつには後ろ盾なんてないから、征夷（せいい）大将軍になれなんて持ち上げられたりもしない。おかげで、俺は面倒な役職にも就かずに、だらだらとその日暮らしを楽しんでるってわけだ」

あっさりと言い切られて、愕然（がくぜん）としてしまう。

「ま、そういうのは大したことじゃないだろ?」

「大したことですけど……」

そこで螢は口籠もった。

「血筋がどうのと言われたって、こっちには関係ない話だ。自由に生きていきたいから、自分のためには兄の名前は使わない。これまでも、これからもな。ただ、兄に何か頼まれたら全力で叶えてやる。それは、俺の好きにさせてくれる兄への恩義だ」

式部は式部なりに、兄を敬愛しているのだろう。そんな感情が滲む言葉だった。

「おかげで、しょっちゅう今回のような潜入をさせられてるんだがな。命がいくつあっても足りないよ」

決意と矜持を感じさせる口調に、これ以上彼の兄弟の話を持ち出すのも野暮だと察する。

そう、彼が気にしないのならこちらも忘れればいいではないか。

ほかにもっと大事なことがあるのだから。

「でしたら、八木山家はなぜ訴えを取り下げたんですか？」

「いい質問だ」

にやっと笑い、式部は顎を撫でた。

「そもそも、おまえのお館様と主君筋が八木山家に目をつけたのは、大当たりだったたってわけだ。もともと守善は幕閣とは兎角折り合いが悪くてな。そのうち何かをやらかすんじゃないかと、噂になってたんだよ」

なるほど……。

「それがよりにもよって、自分たちを楠公になぞらえて倒幕の企みとは、幕閣も兄も衝撃を受けてるよ」

　それもそうだろうと、螢は同意した。

　古川家側が守善を選んだのは、それなりに勝算があったのだ。

「今回の謀にあたって、やつらは連判状を書いていた。これが手に入ったのは、おまえの手柄だ」

「私の？」

　特に何かをした覚えはないのだが、燃やしたはずの反古に紛れていたとか？

「うん、梅松というのはさる御家人の俳号なんだが、おまえのおかげで一味が割れたんだ。で、そのお方に、今回の件が露見してもいっさい罪を問わないのと引き替えに、謀の証が欲しいと頼み込んで連判状をもらい受けたんだ」

「ああ……！」

　梅松とは螢の酌を止めさせた、やけに慎重だった男の名だ。

「八木山家は客の出入りが多くて、ただの風流人なのか謀のための集まりなのかわからなくてな。なかなか実態が摑めなかった。おまえのおかげで、漸く、誰が一味か絞り込めたんだ」

「そうだったんですね」

螢はなるほどと納得した。

「それで、連判状を殿様に見せて脅したのですか？」

「人聞きが悪いなあ」

式部は澄まし顔で茶を啜る。

「おまえに対する訴えを取り下げたら、悪いようにはしないと仄めかしはしたさ。そうしたら、向こうから取り下げてきたってわけだ」

「そうだったんですね……でも……」

「ん？」

「加藤様は、ずいぶん私を憎んでいるご様子でした。私が何かしたのでしょうか……」

あの男の、蛇のように冷酷な目を思い返すとぞっとしてしまう。

「守善は家臣たちに、怪しい動きをしている者がいるから見つけ出せと命じたんだ。加藤はお家大事な男だ。守善の企みまで知っていたかはわからんが、小者のくせに裏切ったおまえを許せなかったんだろう」

「殿様は……私に気づいていたのかもしれないですね」

泳がせているうちに螢があやしいと見当がつき、尻尾を出させるために、あえて部屋の掃除をしろだの酌をしろだの言っていた可能性は否めない。

無論、夜伽に関してはただの色好みだろうが。

「そうだな。床下に潜り込まれたり、後をつけられたり、新入りのおまえが家に入ってから事件が起きてるからな」

加藤のあの冷ややかすぎるまなざしは、疑いを向けていたところだったのか。

「連判状は殿様に返して、それで一件落着ですね」

「いいや。返すなんて言っていないぜ。もちろん、ご公儀に渡したよ」

「酷くありませんか⁉」

訴えを取り下げさせたうえに公儀に連判状を差し出すとは、守善はやられっぱなしではないか。

「ああいう手合いは、放っておけば、またよからぬことを企む。どう使うかは、幕閣と兄上次第だな。世を乱さぬために、こっそり処理されてるかもしれん」

それでは、螢の仕事は間接的に上手くいったのかもしれない。

「それで、どうして私を番所に突き出したんですか？」

「あそこなら、八木山家には手出しできないからおまえを守れる。いざとなったら難癖をつけておまえを捕らえてほしいと、定廻りの連中には頼んでおいたんだ」

「…………」

「あの頃は、まだ連判状が手に入ってなかった。八木山の江戸屋敷にいれば斬られても文句は言えないが、奉行所なら、俺が裏から手を回せる。加藤も本気で、おまえを殺そうと必死だったらしい。差し入れに毒を入れたりして、いろいろ仕組んでいたようだな」

「えっ‼」

そこで初めて差し入れについて合点がいき、螢は声を上擦らせた。

「お饅頭、毒入りだったんですか⁉」

「そうだ」

「どうしよう、作蔵さんが……いえ、あそこの牢名主が食べちゃったかも……」

おろおろと腰を浮かせかけた螢だが、膝の上の猫が気になって動けない。

「それなら捨てさせたから安心しな」

「どうやって？」

式部は千里眼でも持ち合わせているのだろうか。

「そもそも、作蔵は昔馴染みだ。話さなかったか？」

「えっと……そういえば、牢に知り合いがいるって聞いたような……」

螢は歯切れ悪く答える。

「うん、そいつだよ。作蔵は罪が重すぎて牢からは出られないが、信用は置けるやつだ。それで、おまえの身柄についてこっそり頼んでおいたんだ。牢にいれば、よほどのことがない限りは、おまえの身の安全は保障される」

それで背中をぶたれたときも、音がすごい割に全然痛くなかったのか。

あの大牢の囚人たちは、彼らなりに螢を守ろうとしてくれていたのだ。その事実に気づいて、螢の胸はじんわりと熱くなった。

「さて、問いはこれくらいか？」

「まだです。一番聞きたいことが残っています」

螢はきりっと表情を引き締めた。

「何だ？」

「私を助けた理由です。それを聞いてません」

「ええ？　そこを説明するのか？」

途端に眉を寄せ、式部は情けなさそうな声を出した。

「はい。そこがよくわからないです」

「それは、つまり……情が移ったからだ」

「この子みたいに？」

ごろごろと凄まじい音を立てながら寝ている膝の上の三毛猫を指すと、式部は困ったように頭を掻いた。

「犬や猫とはわけが違う。最初は、おまえを田舎から来た、ただの子供だと思ってた。なのに、中身は頑張り屋で、一生懸命務めを果たそうとしている。できもしない寝技なんて使おうとするあたりが、どうしようもなく健気（けなげ）でな」

「…………」

おそらく褒められているのだろう。

聞いていているだけで、恥ずかしいくらいに頬が火照ってくる。

「そういうわけで、年下のおまえが酷い目に遭うのが耐えられなかった。なのに、おまえを止めるためとはいえ俺こそが酷い真似をした。すまなかったな」

「もう、いいんです。そういえば、式部様には弟君がいらしたんですよね」

それならば、わかる。螢を亡き弟と重ねたからこそ、式部は必死で自分を守ろうとしてくれたのだろう。彼の気持ちを考えると、怒る気はしなかった。

「ああ、三軒隣に住んでる」

「亡くなったのではなく⁉」

「ん？　いや、息災だが」

式部はしれっと答える。

「おまえを可愛いと感じる理由が、我ながらよく理解できなかったんだ。弟みたいなものだからとも思ったが、考えてみたら違っていた」

「可愛い……ですか……」

何度も言われていたのに、螢は戸惑いつつも繰り返してしまう。

「ともかく。おまえは少なくとも江戸に留まるあいだは、俺のところにいなくちゃならない。国元に帰るならかまわないが、ほとぼりが冷めるまではここにいるべきだな。それとも、帰りたいか？」

鹿嶺(かみね)に、帰る。

それは嬉しいことのはずなのに、なぜだろう。

言葉にしてみると、気持ちが思ったよりも浮き立たないのは。

「――わかりません」

「わからない？」

式部は不思議そうに問い返した。

「もう少し、ここにいたいけど……でも……」

春成に会いたい。ここにいたい。けれども、江戸での生活にも後ろ髪を引かれてしまう。だって、帰ればすべてが終わってしまう。式部にも、二度と会えなくなってしまうのだ。それが、すごく淋しい。自分でも不思議なくらいに。

そうか、と彼はにこやかに笑んだ。

「だったら、暫くここにいて、落ち着いたら一度里に帰るのはどうだ？　で、またここに戻ってくるんだ」

「なにゆえに、江戸に？」

「なぜって……そりゃ、惚(ほ)れてる相手を手放したくないからだろ。つまり、戻ってきてほしいって言ってるんだ」

「えっ⁉」

立て板に水でそんなことを言われてしまい、螢は目をぱちくりとさせる。

「惚れてる……？」

「なんだ、可愛いって意味をわかってなかったのか」

快闊に笑った式部は、脇息に凭れ掛かって上目遣いに螢を見やった。

「だって、私は……見た目も可愛くなんてないし……」

「見た目は野暮ったいが、磨けば玉になる。けど、そういうんじゃなくて、おまえそのものが可愛いんだ」

それはあばたもえくぼだと言いたかったが、何となく気圧されてしまって黙っておく。

「でなけりゃ、一回りも年下の相手をあんなにしっぽり可愛がったりするもんか。おまえを手許に置いておきたかった」

「そう、だったんだ……」

納得しながらも、つい、俯いてしまう。

「嫌か？」

「ううん。嬉しいみたいで……」

するりと感想が零れ、その事実に螢は我ながら驚いてしまう。

嬉しい。

そう、嬉しいんだ。

遅れて、口許がだらしなく緩んでくる。

「……そいつはよかった」

一瞬言葉に詰まった式部は、螢をぐっと抱き寄せる。広い胸に顔を埋める直前、耳が少し赤くなっているのが見え、螢は彼が照れているらしいと気づいた。

これを最後に式部とお別れだと思っただけで、胸が苦しくなった。式部のことを疑いながらも、それでも、嫌いになんてなれなかった。

ここに当分のあいだいていいなんて、舞い上がってしまう。

「ま、おまえも疲れてるだろ。気の迷いかもしれないし」

「そんなこと……」

「今朝まで牢にぶち込まれてたんだ。そんなことないなんて言い切れるか？」

「う」

それに、この気持ちが本物だからといって、春成と離ればなれになる生き方を即決できるか？

これまでずっと、自分の人生は春成とともにあった。

斯くも大事な話を、あっさりと決められない。

「とりあえず、暫く養生するといい。そうしたら、先について考えよう」

「……うん」

二人の話が終わったのを感じたらしく、猫がにゃあんと鳴いて尻尾を揺らした。

「あ」

「ん？」

「これから何て呼べばいいですか？　先生？」

「式部でいいよ」

「うーん……じゃあ、式部様にします」

螢がそう答えると、「どうして」と式部は片眉を上げる。

「だって、旗本なら私より身分が上だもの」

「妙なところにこだわるな」

式部は小さく笑ったが、特に文句はないらしく、螢の頭をぐしゃぐしゃと撫でた。

「あーっ」

螢が抗議の声を出すと、彼はおかしげに目を細め、今度は両手で掻き混ぜてきた。

十二

蛍が松平家に腰を落ち着けてから、あっという間に日々が過ぎていく。

式部のはからいで佐吉には遣いをやったので、事情はいずれ春成にも伝わるはずだ。

すぐにでも鹿嶺に戻りたかったが、八木山一派からどのような報復があるかわからず、当面は松平家に留まることになった。

一応は行儀見習いとして、式部本人に礼儀作法や学問を習っている。式部は私塾を探してくれたが、塾長からはもう少し基礎を学んでから来るように言われてしまった。

寺子屋に通うのは遅すぎるので、式部を師匠に一から手習いを始めている。

これで本当に、式部が『先生』になったのだ。

日ごとにここで暮らす生活に慣れていく。

読み止しだった『太平記』は、この家にあったので半分まで来たところだ。

ここで暮らすのは式部と家人たちだが、皆が蛍のことを受け容れてくれるので、居心地がよかった。

「螢」

違い棚にはたきをかけていた螢は、式部の声に振り返った。

「あ、お帰りなさい」

「饅頭を買ってきたんだ。一休みしないか？」

饅頭という言葉を聞いた途端、自分の唇が綻ぶのを感じる。

そういえば、例の毒蛇の作蔵に差し入れを取られてしまったので、結局は饅頭を食べ損ねてしまっていたのだ。尤も、あれを口にしていれば、自分はお陀仏だったからいいのだが。

「はい！」

出かけてきた式部の言葉に、螢は大きく頷く。

「今、お茶の支度をしてきますね」

「おう」

といっても、茶の湯の嗜みはないので、螢が準備するのは番茶だった。

台所へ行った螢は女中に頼んで火を熾してもらい、そのあいだに茶器を用意した。一式調えて式部の部屋へ向かうと、彼は猫と一緒に腹這いになっている。

潜入捜査が大変だったとかで、式部は暫くのんびり暮らすつもりらしかった。

「式部様」

「早いな」

式部は猫と並んで書を読んでいたらしく、それを脇に押し退ける。その上に三毛猫が陣取ったが、彼は何も言わなかった。

「これ、どこの饅頭ですか?」

「日本橋にある店だ」

「日本橋までお出かけになったんですか?」

いいなあ、と螢は羨ましくなった。

できることなら、また、あの光景を眺めたい。うきうきするような喧噪に身を投じて、江戸の町を目いっぱい楽しみたかった。

「仕事を手伝ってくれる岡っ引きがいるんだよ」

「ああ……」

以前、式部の尾行を試みたが、彼はそういう仲間と日本橋で会っていたのかもしれない。けれども、尾行の話を持ち出せば怒られそうな気がしたので、ここは黙っておくべきだろう。

「もう少し落ち着いたら、会わせてやるよ。ほら、食いな」

「はーい」

包みごと渡された饅頭を一口囓ると、薄い皮の中にたっぷり餡子が入っている。

「わあ！」

螢が目をきらきらと輝かせるのを見やり、式部は破顔した。

「いいもんだなあ」

あまりにも感慨深そうに式部が呟くから、螢は小首を傾げる。

「何が？」

「おまえがそうやって、楽しそうにしてるのがさ」

「…………」

何だろう。そんなことを言われると、やけに照れてしまって。

ほっぺたが熱い……。

そして、こうして嬉しげに目を細める式部を見ていると、螢の指先もぬくみを帯びてくる。

自分も、嬉しい。とても幸せだと感じてしまう。

まるでいつまでも翳(かげ)らない、春の陽射しの中にいるようで。

口許がだらしなく緩み、にやけてしまうのが恥ずかしくて俯く螢の頭をわしわしと撫でて、式部は自分の分の饅頭を押しつける。

「ほら、食えよ」

「もしかして」

「ん？」

「式部様は、甘いものが好きじゃないの？」

「え？　あ……ああ、うん。あまり食べつけないな」

「じゃあ、どうして？」

「——そりゃあ、おまえが喜ぶところを見たいからに決まってるだろ」

式部はおかしげに笑う。

それだけで、胸の奥がじわじわとする。あったかいような、くすぐったいような……そんな不思議な感覚だった。

こういうのんびりとした日々に、最初は飽きてしまうかと思っていた。

そのくせ、ちっとも飽きたりしない。

それどころか、ずっとこうしていたくなるのが、我ながら謎だった。

そんなこんなで、式部の家に逗留するようになって一月近くが経過していた。

「いいお天気だなあ……」

螢はそう呟き、鼻歌混じりに竹箒を動かす。

今日は来客があると知らされていたので、螢はきちんとした着物——式部の弟のものだという――に着替え、庭を掃いていた。汚れてしまいそうだが、やはり、何もしないのはいたたまれなかった。

「にゃあん、うにゃあん」

猫が竹箒にじゃれかかっているのを懸命にいなしながらでは、なかなか掃除ができない。

「何だっておまえは私に懐くんだろうね。式部様が淋しがるじゃないか」

「螢！」

唐突に声をかけられた螢は、その聞き慣れた声に慌てて振り返る。

門を入ったあたりに、懐かしい人が立っていた。

旅装束の春成は笠を脱ぎ、庭を掃除していた螢に微笑みかける。

「お館様‼」

竹箒を投げ捨てて思わず走り寄った螢は、春成に抱きついた。

幻なんかじゃない、本物のお館様だ。

「どうして……？」

「おまえに会いに来たと言いたいところだが、それだけではなくてね」

「なら、なにゆえに？」

きょとんとした螢に、春成がにこやかに笑った。

「古川(ふるかわ)様の国替えに合わせて、家臣たちもこちらに移るのだ。無論、私たちも安房(あわ)に移り住むことになった」

「そうだったんですね！　知りませんでした」

つまりは、古川家の望みどおりにことが運び、彼らは松池藩に転封されたのだ。

「何だ、まだ聞いていなかったのか」

「はい。驚きました」

八木山家の沙汰が下るのが早いのに驚愕しつつも、螢は頷いた。

「処遇が決まったのが、ついこのあいだだ。合わせておまえの身柄を預かっていると松平様が私に文をくださっていたので、急ぎ、出立したんだよ」

春成は愛おしげなまなざしで、螢を見つめてきた。

「元気そうだね」

感慨深い口ぶりで言った春成は、螢をそっと抱き寄せる。

「無事でよかった。難しい任務をよくやってくれた。ありがとう、螢」

「ご心配をおかけして、申し訳ありません……」

「ああ、あんたがお館様か」

二人の語らいに割って入るような無粋な声は、式部のものだった。

「松平様ですか」

螢から離れた春成はその場に両膝を突き、流れるように地面に両手を突いた。

春成のこんな姿を見るのは初めてで、螢はぎょっとした。

「畏まらなくたっていい」

「そうはいきません。此度は螢を助けてくださって、ありがとうございます。あなた様の助太刀がなければ、この子は命を落としておりました。伏してお礼を申し上げます」

螢も慌てて、春成の後ろで同じ体勢になる。

地面に頭が突くほどに深くひれ伏す春成の姿に、螢の心臓は震えた。

この人は、本当に螢のことを大切にしてくれているのだ……。

「顔を上げてくれ。あんたは螢の父親代わりなら、俺にとっても大事な人だ。貸し借りはなしだ」

「……は」

春成は少し硬い声で応じ、さっと立ち上がった。螢もそれに倣い、膝についた砂埃を払う。

「江戸ではどこか行き先があるのかい？」

「いえ、どこかで宿を取ります」

さらりと答えられて、螢は落胆を覚えた。

こうして顔を合わせただけで別れなくてはいけないなんて、それはあんまりだ。

「だったら、積もる話もあるだろう。うちに泊まっていくといい」

「ですが」

「螢だって、そのつもりだし」

「では、お言葉に甘えて一晩お世話になりましょう」

春成は笑みを浮かべる。

「そんなにすぐ、出てしまうんですか？」

「そうだよ。螢、おまえを迎えに来ただけだからね」

「え」

「おまえだって安房がどんなところか、一刻も早く見てみたいだろう？」

「！」

そうだ。

そうだった。

ずっとここにいられるつもりだったけれど、そんなはずがない。

保護者である春成が迎えに来たならば話は別で、螢はこのまま一緒に安房に向かうことになる。

式部とはここでお別れなのだ。

考えないようにしていた現実に直面し、螢は呆然とその場に立ち尽くす。

「では、こちらへ」

蛍の動揺に気づいているのかいないのか、薄く笑んだ式部は春成に家に上がるよう促した。

夜。

三人は座敷に集まり、春成をもてなすためのささやかな宴が開かれていた。

食事はそれぞれに膳が運ばれ、春成は相好を崩して箸をつける。

「それにしても、松平様には生涯頭が上がりません。私の可愛い蛍を助けていただいて」

「いや、それに関しては目的が同じだったからな」

式部はまるで気に留めぬようだった。

「此度の企み、到底上手くいくとは思いませんでしたが」

「守善殿は、迂闊な方だ。いつかぼろは出していただろうよ」

式部と春成の説明によれば、八木山家はたまたまお家が廃絶した山陰のとある領地に転封された。守善は引退し、長男の主税が後を継いだとのことだった。そして、先ほど聞いたとおり、古川家はめでたく八木山家が治めていた安房松池藩に転封されたそうだ。そして、もともとの古川家の領地は、新たな領主が決まったとか。

「おまえの顔を見たら、早く落ち着きたくなったよ。やはり、明日にでも安房に向かおうか」

　どうしよう。

　春成と一緒に帰れるのは嬉しいはずだが、喉に何かが詰まったみたいで、食事が喉を通らない。

「螢、元気がないけど、どうしたんだ？　鰹が旨いってこのあいだは喜んでただろ」

「美味しいです」

　何もかもが、砂でも食んでいるみたいに味が感じられなかった。

「ところで、友瀬殿」

「ええ」

　いきなり式部が改まった調子で話しかけたので、春成も居住まいを正した。

「俺の見立てじゃ、螢は忍びには向いていないんじゃないか？」

「――痛いところを突きますね」

　春成は苦笑し、頷いた。

「ですが、里にいれば任せられる仕事もあるでしょう。これからは暫く我々の暮らしを整えねばなりませんし、何かしらの役目はあるはずです」

「だが、それは忍びとしてじゃないはずだ。ほかの誰かにできる役目なら、いっそ、螢を俺にくれないか」

「は？」

文字どおり、春成は目を見開く。

「戯れ言ではない。螢が欲しいんだ。あんたたちは螢じゃなくてもいいんだろう？　でも、俺は螢じゃなくちゃだめなんだ」

「……ふむ」

箸を置いた春成は顎に手を当て、正面から式部を見据えた。

「それは、螢にとっては我々と縁を切ることです」

「何だって？」

「我らは忍び。その実態を余人に知られてはいけません。螢が足抜けするのであれば、相応の苦難もこの先はつき纏うでしょう。そうであるならば、螢と人生を分かち合う覚悟をお持ちの方でなくては困ります」

「………………」

重すぎる言葉に、胸が衝かれるようだった。

「螢、おまえもだ。私たちと——私と離れて、一人で生きていくつもりなのか」

「それは」

喉がひゅんと鳴った。

式部と、春成と。

どちらかを選べと突きつけられているのだ。

「一人じゃないだろ、螢」

式部の声が、鼓膜を撫でる。

……そうだ。

一人じゃない。

いつも、式部がいてくれた。彼がいたからこそ、螢は奮い立てた。

「――私は、式部様と生きていきたい」

「馬鹿だね。こんなところで、勢いで決めなくてもいいんだよ」

窘めるような春成の声は、少し狼狽えているようだ。

だが、螢は臆せずに彼を真っ直ぐに見据えた。

期せずして、腹は決まった。

きっと自分の中に、もう、答えはあったのだ。

それを言葉にしなかっただけで。

「ずっと考えていました。私は……私では、お館様のお役に立てない。私は忍びには向いていません。そんな役立たずは、里では必要とされない」

鹿嶺での暮らしは、そういうものだ。

「式部様は言ってくれた。役に立つ必要はないと。私がこの世にいるだけでいいと、そういう相手を見つけるべきだと」

「…………」

「それが嬉しかった。私は、私でいても……このままの、できそこないの螢でいても、いいと……」

今の自分を、ありのままの姿で受け入れてもらえる。

その誇らしさこそが、これまでの螢を支えてくれたのだ。

「私は、式部様をお慕いしています。そばにいられるのなら、これほどの幸せはありません」

「俺と添い遂げるってことか？」

真剣な面持ちで式部に問われ、螢は深々と頷いた。

「もし、許されるならば」

「――そうか。ならば、仕方ない」

二人のやりとりを聞いて、春成はあっさりと首を横に振る。

「おまえは好きに生きなさい。我々に恩義を感じずともよい」

「え」

「おまえがそばにいてくれるのが、私の幸せだった。でも、おまえの幸せは、それ以上に素晴らしいことなんだよ」

あたたかなものが、胸に落ちる。

それが何かわからない。

涙腺が緩みそうになったが、春成の前では泣かないと決めたのだ。

だから、笑顔で礼を言おう。

「ありがとうございます」

膳を退け、螢は両手を突いて頭を下げた。

「では、祝言でも挙げるか」

「は?」

反応したのは、春成が先だった。

「祝言、ですか」

「まあ、どっちかっていうと養子にしたいってところだな」

「江戸の方はかたちを大事になさるのですね。私はかまいません。ここから先は、螢が決めることですから」

春成はくすりと笑った。

その笑みがどこか淋しげなものに見えたが、螢は気にしないようにと視線を逸らす。

ごめんなさい。

けれども、今の自分は江戸一——いや、日本一の幸せ者だろう。

「お館様。私は里に戻れなくなりますが、父と子の縁が切れるわけではありません。何かありましたら、いつでも駆けつけてお力になります」

「ありがとう、螢」

春成は優しい笑みを浮かべる。

「だけど、気にしなくていいんだよ。おまえはおまえの道を探して、幸せになりなさい。それが一番の親孝行なのだから」

「……はい」

目の前がぼやけそうになったが、螢はそれを堪える。

泣いたら、春成を困らせてしまう。

最後まで、どんなときでも笑顔でいたい。

春成とともに過ごした時間は、何もかもが素晴らしかったから。

「本当に俺と添い遂げるんだな？」

式部に聞かれて、螢は頰を染める。

春成は客間でとっくに休んでいたが、本当は少し、名残惜しかった。

「こんな白装束を用意しておいて言うことですか？」

「二夫にまみえず、だな」

髪にはそれらしい飾りをつけ、白い正絹の単衣の下は赤い腰巻き。正直、斯様な格好をさせられるとは思わなかったが、式部の趣味ならば仕方ない。

「かなり昂奮するな」

「式部様は、奥方を娶らないのですか？」

「おい、この期に及んで興醒めじゃないか」

式部は螢の鼻をぎゅっと摘んだ。

ちょっぴり痛い。

「そのつもりがあるなら、友瀬殿を呼んだりはしない。おまえに手を出すだけ出して捨てたと知れたら、暗殺されかねないからな」

「……よかった」

それが螢の本心だった。

「安心したか」

「うん」

「よし」

螢の頬を両手で包み込み、式部が唇を押しつけてくる。

軽く口を吸われるだけで、何とも言えない甘ったるい感覚が込み上げてきて、腹の奥がきゅんと疼いてくるようだ。

その感覚が、何だかわかっている。

式部に触れられて覚えた、快楽が迸る寸前の合図。この戦きが極限になったとき、螢は耐えきれずに達してしまうと学んだ。

「んふ……ん……」

唇の隙間から、舌がもそりと潜り込んでくる。深い口吸いは滅多にないもので、されているだけで頭がくらくらしてくるようだった。

目の前でちかちかと火花が散っている気がする。

気持ちいい……。

「もう蕩けているのか」

「ん……?」

「何日ぶりだ? 我ながら、俺もよく我慢した」

式部はくくっと喉を震わせる。

「本当に、おまえは忍びには向いていないな。こんなに感じやすくては」

流れるように褥に組み敷かれて、螢はぼうっとしたまま式部を見上げた。

帯に手をかけた式部は、するりと螢の着物を緩めてしまう。

「足抜けできてよかったよ」

「アッ」

式部に直接花茎に触れられ、びっくりするほど甘ったるい声が零れた。そこは口吸いのあいだにぬるぬるになっていて、軽く撫でられただけで音がするようだ。

「はぁ、あ……まって……」

「九字を切るのはよせよ？」

からかうように言われて、螢はわずかに首を振った。

「そ、じゃ…なくて……なに、それ……」

「ん？　今日は本気で可愛がるんだよ」

「いままで、ほんきじゃ……」

「俺が本気を出したら、おまえはお役目も何も忘れて俺に夢中になっちまう。それはまずいだろ」

大した自信だ。

「や、や……だめ、そこ……ぐちゅぐちゅして……」

そのあいだも、過敏なところを巧みに撫で回される。

「ぬるぬるだな」

「はぁ、あ……あんっ」

知らなかった。

こんなに自分の肉体が敏感だったなんて。

それとも、好きな人と触れ合っているから？

膚と膚、粘液と粘液を混ぜることで、魂ごと重ねられるからだろうか……？

「ここも触れるぞ」

「ひっ」

ここ、というのは胸の突起を意味していた。器用な手つきで二つの乳首を交互に愛撫されては、もう、身が持たない。

確かにうっかり箪笥にぶつけたときなど痛いと思った経験はあれど、斯くも痺れるような感覚に襲われたりはしなかった。

「んあぁ…う、なに……なに、それ……」

潰されて、捏ねられて、その一つ一つが中枢に突き刺さるみたいだ。

「さすがのおまえも、これでは秘術も何もあるまい？」

「うー……っ」

「まあ、おまえは秘術を覚えていたとしても、感じやすかったからな……」

感心したように式部は呟いた。

「身も世もなく溺れて、潜入などできまい」

つぷりと指が押し込まれて、螢は思わず全身を仰け反らせる。

「ー……ッ」

白いものが飛び散り、螢の腹や式部の着物を汚してしまう。

「……ごめん、なさい……」

「かまわぬ」

短く告げた式部は、螢の下腹部に顔を近づけた。

吐息がそこにかかる。

「ひゃっ」

あたたかいものが、ぬるりと過敏な部分に触れた。

嘘……。

そんなところを舐めるなんて、聞いてない。

「やだ、なに……なにそれ……」

「ん？　このような淫技は知らぬと？」

「……しらな……」

「それでは、義父上（ちちうえ）には進言せねばならぬな。ほかの忍びにはこういう技も教えよと」

「ひんっ」

舌が動くたびに敏感な表皮を擦り、ぞわぞわとした甘いものが背筋を駆け抜ける。

同時に指をくにくにと体内で動かされ、頭の芯がずきずきと痺れた。

「だめ……だめ、とけちゃう……」

「それはまだ早い」

おかしくなる。

ひっきりなしに快感ばかりを与えられ、下腹部が痛いくらいだ。

これじゃ、頭がどうにかなってしまう。

「あ…あ、あっ……また、いく……っ」

躰を震わせた螢は二度目の絶頂を迎えたが、さすがに今回は射精にまで至らなかった。

それでも、全身が震えて躰に力が入らない。

あたたかな舌で性器を舐(ねぶ)られ、穴を啜られる。そこに先ほど放った白濁の痕跡があるのだと思うと、螢は羞じらいに全身が熱くなるのを感じた。

物足りない。

指ではなくて、もっと太くて固いものでそこをいっぱいにしてほしい。

滾(たぎ)る熱を螢の腹の中に叩きつけてほしい……。

「挿れてもよいか?」

「うん……」

寧ろ、挿れてほしい。さんざん焦らされているのだから、そこは、式部がいないことに戸惑っているみたいだ。

「挿れて……式部様」

「これが欲しいのか？」

半裸になった式部が下着を取ったせいで、隆々たる性器が姿を現した。

こくんと喉が鳴る。

あれを挿れられたときの快楽が、全身に甦ってくる。

痺れるような感覚と、指先まで溶け落ちるような熱とが。

「挿れて、おねがい……」

膝を開いて甘ったるくねだる螢を見下ろし、式部は苦笑したのだった。

「俺以外に、そんなところを見せるなよ？」

「ン」

螢の両膝を前から抱え込んだ式部が、めりめりとそこに入り込んでくる。

「んんんー……っ」

耐え難くなって式部の二の腕に爪を立てた螢は、不意に、彼と湯屋で行き合ったときのことを思い出した。

痕をつけても怒らなかったのは、抱く相手が螢だけだったからではないか。

……ずるい。

大人の余裕で、ずるい。

これまで何も言わなかったくせに、螢を蔭から守っていてくれた式部を思うと、愛おしさが込み上げてくる。

好きだ。好き。大好き。

「すき」

堪えきれずに呟くと、彼は一瞬動きを止める。

「馬鹿」

「えっ？」

「どうしてそんな、可愛いんだ……おまえは」

言いながら式部は躰を倒し、螢の唇を熱く塞(ふさ)いできた。

そうされると魔羅がよけい奥深くまで入り込み、下腹部の奥が、疼くように痛んだ。

「ん……っく……」

「気持ちいいな、おまえの中は」

くちづけをやめた式部が、螢の細腰を摑んで律動を始めた。

「まって……」

「何だ？　今日は待てが多いな」

「な、んか……おっきい……」

「ん？」

動きを止めた式部は、不思議そうに螢を見下ろす。

「すごく、おっきい…かたい……の……」

こんなに大きくては、自分の尻が壊れてしまうかもしれない。

螢は涙目になって、式部を見つめた。

「こわれちゃう……」

「欲しがりのおまえは、そのほうが悦ぶだろ？」

「え？　ふえっ、あ、あっ、ずるい…だめっ」

式部は勝手に律動を始め、螢の肉を穿つ。あしらうように動かれるたびにぱんぱんと音を立てて肉と肉がぶつかり、生身の式部が自分を求めているのを実感する。

気持ちが、いい……。

「はぁ、あ……あん、あ……」

もう、大きすぎてつらいだのと文句は言えなかった。

動いて、引いて、動いて、引いて……気持ちいい……すごく……。

「そうだ。声を出せ」

「ど、して……？」

「俺も盛り上がるし、楽になるだろ？」

「うん」

さっきからとろとろと躰の奥から蜜が溢れ、滴り、自分の叢を濡らしている。それも式部の唾液と混じり合ったのかと思うと、不思議な気分だ。

「そうだ。あれ、やってみてくれよ」

不意に動きを止めて、式部が甘えた声でねだる。

「え？」

「おまえの得意な技ってやつ。水涸らしだっけ？　真珠貝だっけ？」

「ええ……死んじゃいますよ……？」

殺してはいけないとの約束だったではないか。

「おまえの中で死ねたら本望だ」

熱っぽい囁きを鼓膜に注がれ、頭がくらくらしてくる。

「蜜涸らしと、水貝です」

ちなみに蜜涸らしは式部が死ぬし、水貝は螢が死ぬという命がけの閨房術だ。

でも、それもいいのかもしれない。

こんなに何もかもが気持ちいいのでは、胸がいっぱいで死んでしまうかもしれないし。

「よし、好きなほうをやってみてくれ」

耳を擽る甘ったるい声で頼まれたら、逆らえるわけがない。

「……う……じゃあ……」

きゅうっとそこを締めつけると、「う」と式部が小さく顔をしかめる。

「みつからし……どう、ですか？」

「たまんないな……」

式部は息を吐き、螢の耳許に手を突く。

「合わせてみろよ……俺とさ……」

「こう……？」

ずぶりと深く挿れられたのに合わせて、尻に力を込める。潰れてしまうのではないかと思ったが、躰の内側にいる式部が膨れあがった。

「ひゃん⁉」

「いけねえな……それ、すごいぜ……」

「もっと、する……？」

「ああ」

目許を染め、息を吐き出す式部がやけに色っぽくてどきどきしてくる。

「いいぜ……このまま、こうしていたい……」

「わたしも……」

式部と一つになっているのが、わかる。

彼の心臓の鼓動が、重なった膚越しに伝わってくる。その熱い息遣いも、昂奮も、何もかもが。

全力で締めつける螢をあしらいながら、式部が腰を揺らす。

そのためにいいところを衝かれ、螢は仰け反った。

「螢……螢……」

「はぁ、あ……あんっや…ひ、ん……」

どうしよう。

こんなに大きなものを受け入れて、全身汗みずくになっているのに、気持ちいい。

ばらばらになってしまいそうでも、怖くない。

「涸れるまで注ぎたい……」

「ん、出して……だして、…」

自分の中に、海よりも深い場所がある。

そこを式部でいっぱいに満たしてほしい。

「……式部、さまの……子種…おなかに…ください……」

式部の子種を注がれる悦びを思うと、全身が熱く昂ってくる。

もう、自分は式部だけしか識らなくていい。

任務も何もなく、式部だけに満たされていたい。

「そういや、久々だな」

「ン……？」

「中出しだよ。あれが好きか？」

「だいすき……」

螢はうっとりと答え、式部の首元に顔を埋める。式部の汗の匂いがして、それが螢をよりいっそう奮い立たせた。

まるで獣だ。

「ありったけ、おまえに注いでやる」

耳打ちした式部が性急に腰を動かし、らしくもなく、荒々しく闇雲に衝いてくる。

「ひゃんっ！　あ、あ、あっ…ぐぅ…ッ」

痺れる。

乱暴にそこを擦り上げられ、螢は今度こそ身も世もなく喘いだ。

「あん…あ、あ……いい、しきぶさま……」

「ん？」

そんな一言なのに、声を聞いただけで達してしまいそうだ。

「いきそ、もう……だめ、これじゃ、いい、よすぎて……」

「達きな」

「いく、いく……いくいくっ」

螢は声を上げながら達し、やがて式部もその体内に熱い子種を注いだ。

「すごい……いっぱいでてる……」

螢が腹を撫でながらうっとりと言うと、螢に覆い被さったままの式部は「もっと出してやるよ」と嘯いた。


「まさかおまえを嫁にやるとはね」

出立の日、春成は少し淋しげだった。

「お館様……」

さすがに螢も淋しさを堪えられなかったが、春成の前で泣かないと決めたのだ。

ちなみに春成は一晩で切り上げるはずが、濃厚すぎる初夜のせいで螢が寝込んでしまったので、心配した彼は都合三日、式部の屋敷に逗留した。

螢が倒れているあいだに、式部は寄席に連れていって春成をもてなしたそうだ。

「お館様、また遊びにいらしてください」

「そうだね。今度は芝居にでも一緒に行こう」

「はい！」

「躰には気をつけて、幸せになるんだよ」

「かしこまりました」

頷く螢の頰を撫でると、春成は名残惜しげに笑む。

「螢は任せてください」

「ありがとうございます」

春成は深々と頭を下げ、ゆっくりとした足取りで門を出る。

その背中を見送り、とうとう見えなくなったところで螢が顔を上げると、式部は「淋しいか？」と尋ねる。

「淋しいけれど、また、会えるはずですから」

「うん」

「いつかお館様のお役に立てるよう、いっぱい勉強します」

どこかで再び二つの道が交わることを祈れれば、それだけでいい。

「そうか。そいつは妙案だ」

そんな風に考えさせてくれるのも式部のおかげだけれど、それを口にするのは何となく気恥ずかしくて。

照れて俯いた螢の足許で、三毛猫が「みゃうん」と鳴きながらじゃれついてくる。

「そういや、こいつの名前……春成にするか？」

「だ、だめですよ！　せめてお館様にします」

「お館様……？」

怪訝そうな問いだったが、三毛猫はすりすりと尻尾を振った。

「みゃーん」

返事をする三毛猫の名前は、それで決まってしまう。

「よしよし、お館様。今日も可愛いですね」

「何だかいつも見張られてる気分だな」

ぼやきながらも式部は両手でお館様を抱き上げ、「これからもよろしくな」と、螢と猫の双方に告げたのだった。

あとがき

　このたびは『絢色忍び草紙』をお手に取ってくださってありがとうございます。

　シャレード文庫さんから出していただく本は二冊目で、ドイツ軍ものの次は忍者――という前回同様にマニアックな題材になりました。編集部の侠気(おとこぎ)には恐れ入ってしまいます。

　じつはこのネタの前にエルフの騎士ものも考えていたのですが、なかなかプロットをまとめられずに苦労していました。その際担当さんに何気なく「忍者大戦みたいな……」とメールで書いた一文がお互いの琴線に触れ、なぜか代わりに男くノ一ものの企画がスタートしておりました。男くノ一って何なのかは我ながら謎ですが……。

　もともと忍者が大好きでで一度書いてみたかった反面、どこでお話ししても色よい返事がいただけず、永遠に忍者を書けないのか……と半ば諦めていました。それが、思いがけずＯＫが出て大変嬉しかったです！　かといって忍者とストレートに書くとなかなかお手に取っていただけないのでは、と今度はそちらで悩んでしまいました。いろいろごまかしつつ和風ファンタジーものの皮を被せて書き始めたのですが、それはそれで上手くいかず、最終的には観念して割と真面目な時代ものになりました。読み返してみると、やはりこれが一番自分らしい作品です。

とはいえ、藩邸の内部に関してはあまり資料がなく（藩ごとの軍事機密などがあるので）、このご時世で取材にも行けず、ある程度から先はファンタジーと割り切っております。わからないこともたくさんあって苦労しましたが、最初から最後までとても楽しく書きました。

自分の好きなものをぎゅぎゅっと詰め込んだ一冊、どうか少しでも楽しんでいただけたなら嬉しいです。

最後に、お世話になった皆様にお礼を。

本作の執筆にあたっては、普段以上に多くの方のお力添えを頂戴いたしました。本当に感謝しております。

作品を美しい挿絵で彩ってくださったCiel様。忍者を一度拝見したかったので、無理やり忍者シーンを作ってしまいました。華やかでしっとりとした素晴らしいイラストをありがとうございました。

担当の佐藤様。二転三転四転くらいしてしまい、ご迷惑をおかけしました。長い目で見ていただけてよかったです。

そしてこの本を読んでくださった読者の皆様に、厚く御礼申し上げます。

それでは、またどこかでお目にかかれますように。

和泉　桂

参考文献（順不同・敬称略）

「戦国 忍びの作法」山田雄司著（G.B.）
「大名屋敷「謎」の生活」安藤優一郎著（PHP研究所）
「図説 大江戸さむらい百景」渡辺誠著（学研プラス）
「図説 大江戸 知れば知るほど―「東京」のルーツがここにある」小木新造監修（実業之日本社）
「三田村鳶魚全集　第2巻」三田村鳶魚著（中央公論社）
「江戸のお裁き　驚きの法律と裁判」河合敦著（KADOKAWA）
「江戸の罪と罰」平松義郎著（平凡社）

和泉桂先生、Ciel先生へのお便り、
本作品に関するご意見、ご感想などは
〒101-8405
東京都千代田区神田三崎町2-18-11
二見書房　シャレード文庫
「絢色忍び草紙～俺様先生の閨房術指南～」係まで。

本作品は書き下ろしです

CHARADE BUNKO

絢色忍び草紙（あやいろしのびそうし）～俺様先生の閨房術指南（おれさませんせいのけいぼうじゅつしなん）～

2021年9月20日　初版発行

【著者】和泉 桂（いずみかつら）

【発行所】株式会社二見書房
東京都千代田区神田三崎町2-18-11
電話　03(3515)2311［営業］
　　　03(3515)2314［編集］
振替　00170-4-2639
【印刷】株式会社 堀内印刷所
【製本】株式会社 村上製本所

ISBN978-4-576-21133-6

https://charade.futami.co.jp/